6, Quai des Orfèvres
auptquartier der
ariser Kriminalpolizei
N.D. DE LORETTE
LYCÉE LAMARTINE
Sq. Montholon
SYNAGOGUE
Folies Bergère
HÔTEL DES VENTES
HÔTEL COMMODORE
MAIRIE DU 9e
Musée Grévin
St EUGENE
Th. des Nouveautés
Th. des Variétés
Th. du Gymnase
Concert Mayol
MAIRIE DU 10e
St MARTIN
OPERA STUDIO
Pte St-Denis
Pte St Martin
Th. Antoine
Th. Renaissance
N.-D. DE BONNE NOUVELLE
BOURSE
BIBLIOTH. NAT.
N.D. DES VICTOIRES
MAIRIE DU 2e
CONSERV DES ARTS ET METIERS
Th. de la Musique
Caveau de la République
HÔTEL HOLIDAY INN
BANQUE DE FRANCE
HÔT. DES POSTES
St NICOLAS DES CHAMPS
LYCÉE TURGOT
St ELISABETH
PALAIS ROYAL
MIN. DE LA CULTURE
St EUSTACHE
BOURSE DU COMMERCE
St LEU
Square
MAIRIE DU 3e
LOUVRE DES ANTIQUAIRES
ORATOIRE
FORUM DES HALLES
MUSÉE DES ARTS DÉCORATIFS
MUSÉE DE LA CHASSE
St JEAN St FRANÇOIS
MAIRIE DU 1er
MUSÉE DES ARTS DE LA MODE
CENTRE G. POMPIDOU
St MERRI
ARCHIVES NATION
MUSÉE PICASSO
LOUVRE
St GERMAIN L'AUXERR
Samaritaine
TH. MUSICAL DE PARIS
TOUR St JACQUES
TH DE LA VILLE
TEMPLE DES BILLETTES
EGL. DES BLANCS MANTEAUX
St DENIS DU St SACREMENT
MUSÉE CARNAVALET
Sq. du Vert-Galant
INSTITUT DE FRANCE
Bazar de l'Hôtel-de-Ville
HOTEL DE VILLE
MAIRIE DU 4e
Ste CHAPELLE
TRIB. DE COMMERCE
PL. DES VOSGES
HÔTEL DES MONNAIES
HÔTEL DIEU
St GERVAIS
HÔTEL D'AUMONT
St PAUL
LYCÉE CHARLEMAGNE
MUSÉE VICTOR HUGO
PALAIS DE JUSTICE
MEMORIAL DU MARTYR JUIF INCONNU
CITE DES ARTS
NOTRE-DAME
HÔTEL DE SENS
TEMPLE Ste MARIE
PREFECT. DE POLICE
St SEVERIN
FACULTE DE MEDECINE
CASERNE
Mémor. de la Déportation
BIBLIOTH. DE L'ARSENAL
MUSÉE DE CLUNY
St JULIEN LE PAUVRE
ECOLE PRATIQUE
St LOUIS EN L'ÎLE
PREFECT. DE PARIS
LYCÉE St LOUIS
COLLÈGE DE FRANCE
SENAT
SORBONNE
INSTITUT DU MONDE ARABE
St NICOLAS DU CHARDONNERET
LYCÉE LOUIS LE GRAND
MUTUALITÉ
FAC. DE DROIT
St ETIENNE DU MONT
ECOLE POLYTECHNIQUE
UNIV PARIS VI PARIS VII P. et M. CURIE
MAIRIE DU 5e
PANTHEON
Menagerie
St JACQUES DU Ht PAS
INST. PHYSICO CHIM
LYCEE HENRI IV
ARENES DE LUTECE
INST. NAT. DES SOURDS-MUETS
INST. OCEAN
JARDIN DES PLANTES
MOSQUÉE DE PARIS
ECOLE NORMALE SUPERIEURE
GARE D'AUSTERLITZ
MUSEUM D'HISTOIRE NATURELLE
INST. AGRONOMIQUE
St MEDARD
UNIVER PARIS
DU VAL DE GRÂCE
St MARCEL
HÔPITAL DE LA PITIE
HÔP. DE LA SALPÊTRIÈRE
ILE DE LA CITE
ILE St LOUIS
BOULEVARD SAINT MICHEL
BOULEV. SAINT GERMAIN
BOULEVARD DE SEBASTOPOL
BOULEV. SAINT MARTIN
RUE DE RIVOLI
BOULEVARD BEAUMARCHAIS
JARDIN DES PLANTES
PONT D'AUSTERLITZ
PONT SULLY
PONT NEUF
PORT DE LA RAPÉE

Diogenes Taschenbuch 23808

detebe

Georges Simenon
Sämtliche Maigret-Romane in 75 Bänden
in chronologischer Reihenfolge
und in revidierten Übersetzungen

Band 8

Georges Simenon

Maigret und das Verbrechen in Holland

Roman

Aus dem Französischen von Renate Nickel

Diogenes

Titel der Originalausgabe:
›Un crime en Hollande‹

Die deutsche Erstausgabe erschien
1960 unter dem Titel ›Maigret in Holland‹
Die vorliegende Übersetzung erschien
erstmals 1980 im Diogenes Verlag
und wurde 2001 für eine Neuausgabe überarbeitet
Vor- und Nachsatz (Pariskarte):

Umschlagfoto: Dave Bartruff,
›Windmills in Pasture‹, 1997 (Ausschnitt)

Veröffentlicht als Diogenes Taschenbuch, 2008

www.diogenes.ch
10/10/44/3
ISBN 978 3 257 23808 2

Inhalt

I

Das Mädchen mit der Kuh

Als Maigret an einem Mainachmittag in Delfzijl ankam, kannte er den Fall, der ihn in die kleine Stadt im äußersten Norden Hollands rief, nur in groben Zügen.

Ein gewisser Jean Duclos, Professor an der Universität Nancy, war auf Vortragsreise in den Ländern des Nordens. In Delfzijl war er Gast von Monsieur Popinga, einem Lehrer an der Marineschule. Nun war dieser Monsieur Popinga ermordet worden, und wenn man den französischen Professor auch nicht direkt beschuldigte, hatte man ihn doch gebeten, die Stadt nicht zu verlassen und sich den holländischen Behörden zur Verfügung zu halten.

Das war alles, oder fast alles. Jean Duclos hatte die Universität Nancy benachrichtigt, und diese hatte durchgesetzt, dass jemand von der Pariser Kriminalpolizei nach Delfzijl geschickt wurde.

Der Auftrag wurde Maigret übergeben. Ein eher offiziöser denn offizieller Auftrag, den er noch weniger offiziell gemacht hatte, indem er es unterließ, seine holländischen Kollegen von seiner Ankunft zu unterrichten.

Von Jean Duclos hatte er einen ziemlich verworrenen Bericht erhalten, dem eine Liste der Personen beigefügt war, die mehr oder weniger in diese Geschichte verwickelt waren.

Kurz bevor er in Delfzijl ankam, las er diese Liste durch:

Conrad Popinga (das Opfer), zweiundvierzig Jahre alt, ehemaliger Kapitän auf Überseestrecken, Lehrer an der Marineschule in Delfzijl. Verheiratet. Keine Kinder. Spricht fließend Englisch und Deutsch und ziemlich gut Französisch.

Liesbeth Popinga, seine Frau, Tochter eines Gymnasialdirektors in Amsterdam. Sehr gebildet. Ausgezeichnete Französischkenntnisse.

Any Van Elst, jüngere Schwester von Liesbeth Popinga, für ein paar Wochen in Delfzijl auf Besuch. Hat vor kurzem ihren Doktor in Jura gemacht. Fünfundzwanzig Jahre. Versteht etwas Französisch, spricht es aber nur gebrochen.

Familie Wienands, wohnt neben den Popingas. Carl Wienands ist Mathematiklehrer an der Marineschule. Frau und zwei Kinder. Keine Französischkenntnisse.

Beetje Liewens, achtzehn Jahre alt, Tochter eines Bauern, der auf den Export reinrassiger Kühe spezialisiert ist. Zwei Aufenthalte in Paris. Spricht perfekt Französisch.

Das alles war nichtssagend. Namen, mit denen zumindest Maigret nichts anfangen konnte, der von Paris kam und für die Eisenbahnfahrt eine Nacht und einen halben Tag gebraucht hatte.

Delfzijl verwirrte ihn von Anfang an. In der Morgendämmerung war er durch das traditionelle Tulpen-Holland gefahren, dann durch Amsterdam, das er schon kannte. Die Provinz Drenthe, eine richtige Heidekrautwüste, durch die sich bis zum Horizont in dreißig Kilometern Entfernung Kanäle zogen, hatte ihn in Erstaunen versetzt.

Er war nun in eine Gegend geraten, die nichts mit den holländischen Postkarten gemein hatte und die hundertmal nördlicher wirkte, als er sich vorgestellt hatte.

Eine Kleinstadt: zehn oder höchstens fünfzehn Straßen, gepflastert mit schönen roten Klinkersteinen, die so gleichmäßig aneinandergereiht waren wie Küchenfliesen. Niedrige Häuser, aus Backsteinen und reich mit Holz in hellen und fröhlichen Farben verziert.

Eine Spielzeugstadt, fand Maigret, zumal da er einen Deich sah, der die Stadt ganz umschloss. In diesem Deich gab es Durchgangsstellen, die bei Flut durch schwere schleusenähnliche Tore geschlossen werden konnten.

Dahinter die Emsmündung. Die Nordsee. Ein breites silbernes Band. Frachtschiffe, die unter den Kränen am Kai entladen wurden. Kanäle und eine Unmenge Segelschiffe, groß und schwer wie Lastkähne, aber seetüchtig.

Die Sonne schien. Der Bahnhofsvorsteher trug eine hübsche orangefarbene Mütze und grüßte den unbekannten Reisenden ganz selbstverständlich.

Gegenüber befand sich ein Café. Maigret ging hinein und wagte kaum, sich hinzusetzen. Weil es nicht nur gebohnert war wie im Esszimmer einer Kleinbürgerfamilie, sondern auch ebenso privat wirkte.

Ein einziger Tisch, auf dem, fein säuberlich in kupferne Bügel geklemmt, die Tageszeitungen lagen. Der Wirt, der mit zwei Gästen Bier trank, stand auf, um Maigret zu begrüßen.

»Sprechen Sie Französisch?«, fragte dieser.

Verneinende Bewegung. Eine Spur Verlegenheit.

»Bringen Sie mir Bier … Bier!«

Und als er saß, zog er seinen kleinen Zettel aus der Tasche. Der letzte Name fiel ihm in die Augen. Er deutete auf ihn, sagte zwei- oder dreimal:

»Liewens …«

Die drei Männer redeten untereinander. Dann stand einer von ihnen auf, ein großer Bursche mit Seemannsmütze, und gab Maigret ein Zeichen, ihm zu folgen. Da der Kommissar noch kein holländisches Geld hatte und einen Hundertfrancschein wechseln wollte, sagte man ihm mehrmals:

»Morgen! … Morgen! …«

Morgen! Wenn er wiederkam!

Es ging familiär zu hier. Es hatte etwas sehr Unkompliziertes, ja Naives an sich. Schweigend führte der Cicerone Maigret durch die Straßen der Kleinstadt. Zur Linken stand ein Schuppen voller alter Anker, voller Taue, Ketten, Bojen und Kompasse, die zum Teil sogar auf dem Gehsteig lagen. Ein Stück weiter arbeitete ein Segelmacher unter seiner Tür.

Und in dem Schaufenster einer Konditorei lag eine unglaubliche Auswahl an Schokoladen und kunstvoll verziertem Zuckerwerk.

»Nicht Englisch sprechen?«

Maigret schüttelte den Kopf.

»Nicht Deutsch?«

Wieder Kopfschütteln, und der Mann schwieg wieder. Am Ende einer Straße fing schon das freie Feld an: grüne Wiesen, ein Kanal, auf dem beinahe über die ganze Breite Baumstämme aus dem Norden schwammen, die durch das Land befördert werden sollten.

In der Ferne ein Dach mit glasierten Ziegeln.

»Liewens! … *Dag, mijnheer!*«

Und Maigret ging allein weiter, nachdem er versucht hatte, sich bei dem Mann zu bedanken, der ihn, ohne ihn zu kennen, fast eine Viertelstunde lang begleitet hatte, um ihm behilflich zu sein.

Der Himmel war wolkenlos, die Luft von erstaunlicher Klarheit. Der Kommissar kam an einem Holzlager vorbei, wo haushohe Stapel von Eichen-, Mahagoni- und Teakholz lagen.

Ein vertäutes Schiff. Spielende Kinder. Dann einen Kilometer kein Mensch. Immer noch die Baumstämme auf dem Kanal. Weiße Zäune um Felder, auf denen prächtige Kühe weideten.

Wieder prallte die Wirklichkeit mit der vorgefassten Meinung zusammen: Für Maigret bedeutete das Wort Bauernhof ein Strohdach, Misthaufen und eine Menge Tiere.

Und nun stand er vor einem hübschen neuen Haus, das von einem Garten mit wunderschönen blühenden Blumen umgeben war. Vor dem Haus auf dem Kanal ein elegant geschnittenes Mahagoniboot. Am Zaun ein vernickeltes Damenfahrrad.

Er suchte vergebens nach einer Klingel. Er rief, aber niemand antwortete. Ein Hund kam und strich ihm um die Beine.

Links an das Wohnhaus schloss sich ein langes Gebäude mit regelmäßig verteilten Fenstern ohne Vorhänge an. Ohne die solide Bauweise und vor allem ohne die hübsche Bemalung hätte man es für einen Schuppen halten können.

Von dorther hörte man ein Muhen, und Maigret ging um

die Blumenbeete herum und stand vor einer weit offenen Tür.

Das Gebäude war ein Stall, aber ein Stall, in dem es so sauber war wie in einem Haus. Überall roter Klinker, der dem Ganzen einen warmen, ja prächtigen Glanz verlieh. Abflussrinnen, über den Raufen ein System für automatische Futterverteilung. Und hinter jedem Verschlag ein Flaschenzug, dessen Zweck Maigret erst später erfuhr: er diente dazu, den Schwanz der Tiere beim Melken hochzuhalten, so dass die Milch nicht verunreinigt wurde.

Im Innern herrschte Dämmerlicht. Die Tiere waren draußen, nur eines lag im ersten Verschlag auf der Seite.

Ein junges Mädchen kam auf den Besucher zu und fragte ihn zuerst etwas auf Holländisch.

»Mademoiselle Liewens?«

»Ja... Sind Sie Franzose?«

Während sie mit ihm redete, schaute sie auf die Kuh. Sie lächelte etwas ironisch, was Maigret nicht gleich begriff.

Und hier erwiesen sich die vorgefassten Meinungen wieder als falsch. Beetje Liewens trug schwarze Gummistiefel, in denen sie wie eine Reiterin aussah.

Darüber ein grünes Seidenkleid, das von einer Schwesternschürze beinahe ganz verdeckt wurde.

Ein rosiges, vielleicht zu rosiges Gesicht. Ein gesundes, fröhliches Lächeln, dem es aber an Zartheit fehlte. Große, blaue Augen. Rote Haare.

Zunächst musste sie sich auf die französischen Wörter besinnen, und sie redete mit starkem Akzent. Aber bald war sie wieder mit der Sprache vertraut.

»Sie wollen meinen Vater sprechen?«

»Sie ...«

Beinahe hätte sie schallend gelacht.

»Sie müssen mich entschuldigen ... Mein Vater ist nach Groningen gefahren und kommt erst heute Abend zurück. Die beiden Knechte sind auf dem Kanal und laden Kohle ab. Das Mädchen macht Einkäufe. Und ausgerechnet jetzt kalbt die Kuh! Damit hatten wir nicht gerechnet. Ich bin ganz allein ...«

Sie hatte sich an eine Winde gelehnt, die sie für alle Fälle vorbereitet hatte, falls das Tier Unterstützung brauchte. Sie lächelte strahlend.

Draußen schien die Sonne. Ihre Stiefel glänzten. Sie hatte rundliche, rosige Hände mit gepflegten Fingernägeln.

»Es ist wegen Conrad Popinga ...«

Sie runzelte die Stirn. Die Kuh hatte versucht aufzustehen und war schwerfällig wieder zurückgefallen.

»Passen Sie auf ... Wollen Sie mir helfen?«

Sie nahm die bereitliegenden Gummihandschuhe. So fing Maigret diese Untersuchung damit an, dass er zusammen mit einem jungen Mädchen, dessen sichere Bewegungen sportliches Training verrieten, einem reinrassigen friesischen Kalb auf die Welt half.

Eine halbe Stunde später, als das neugeborene Tier schon die Zitzen seiner Mutter suchte, stand er neben Beetje über einen Wasserhahn gebeugt und seifte sich die Arme bis zu den Ellbogen ein.

»Haben Sie das zum ersten Mal gemacht?«, scherzte sie.

»Zum ersten Mal.«

Sie war achtzehn Jahre alt. Als sie ihre weiße Schürze

auszog, zeichneten sich unter ihrem Seidenkleid volle Formen ab, die vielleicht wegen der Sonne etwas äußerst Verlockendes an sich hatten.

»Wir können beim Tee reden. Kommen Sie ins Haus.«

Das Mädchen war nach Hause gekommen. Das Wohnzimmer war streng und etwas dunkel, aber gepflegt eingerichtet. Die kleinen Fensterscheiben waren kaum merklich rosa getönt, wie es Maigret noch nie gesehen hatte.

Ein Schrank voll mit Büchern. Zahlreiche Werke über Viehzucht und Tiermedizin. An den Wänden Goldmedaillen von internationalen Ausstellungen und Urkunden.

Dazwischen die neuesten Werke von Claudel, von André Gide, von Valéry.

Beetje lächelte kokett.

»Möchten Sie mein Zimmer sehen?«

Und sie beobachtete, was es für einen Eindruck auf ihn machte. Kein Bett, sondern ein mit blauem Samt bezogenes Sofa. Die Wände mit bedruckter Stofftapete bespannt. Dunkle Regale und wiederum Bücher, eine Puppe aus Paris, ganz in Seide.

Beinahe ein Boudoir, doch mit einer etwas schweren, soliden und bedächtigen Atmosphäre.

»Ist es nicht wie in Paris?«

»Würden Sie mir erzählen, was letzte Woche passiert ist…«

Beetjes Gesicht verdüsterte sich, aber nicht sehr, nicht genug, um den Anschein zu erwecken, sie nehme die Ereignisse tragisch.

Hätte sie sonst so stolz gelächelt, als sie ihr Zimmer vorzeigte?

»Trinken wir Tee!«

Und sie setzten sich einander gegenüber, vor die Teekanne, die mit einer Art Krinoline zugedeckt war, damit der Tee nicht kalt wurde.

Beetje musste nach den Wörtern suchen. Es ging aber schon besser. Sie bewaffnete sich mit einem Wörterbuch und blätterte manchmal eine ganze Weile, bis sie den genauen Ausdruck gefunden hatte.

Auf dem Kanal fuhr ein Schiff mit einem großen grauen Segel vorbei. Da kein Wind ging, wurde mit Staken nachgeholfen. Das Schiff suchte sich einen Weg durch die Baumstämme, die den Fluss blockierten.

»Sind Sie schon bei den Popingas gewesen?«

»Ich bin vor einer Stunde hier angekommen und hab bisher lediglich die Zeit gefunden, Ihrer Kuh beim Kalben zu helfen.«

»Ja – Conrad war ein reizender, ein wirklich sympathischer Mann. Früher ist er in allen Ländern herumgekommen, erst als Zweiter, dann als Erster Offizier… Sagen Sie auch so in Französisch? … Als er dann sein Kapitänspatent bekam, hat er geheiratet und wegen seiner Frau eine Stelle als Lehrer an der Marineschule angenommen… Keine so gute Stellung… Er hat eine kleine Jacht gehabt. Aber Madame Popinga hatte Angst vor dem Wasser. Er hat die Jacht verkaufen müssen. Er hatte nur noch ein Boot auf dem Kanal… Haben Sie meins gesehen?… Beinahe dasselbe!… Abends gab er den Schülern noch Privatunterricht. Er arbeitete viel.«

»Wie war er?«

Sie verstand nicht gleich. Schließlich holte sie ein Foto,

auf dem ein großer, pausbäckiger Mann mit hellen Augen und kurzem Haar abgebildet war, der auffallend gutmütig und gesund aussah.

»Das ist Conrad... Man würde nicht meinen, dass er vierzig ist, nicht wahr?... Seine Frau ist älter, vielleicht fünfundvierzig. Haben Sie sie gesehen?... Und sie ist ganz anders. Zum Beispiel: Hier sind alle protestantisch. Ich gehöre der modernen Kirche an. Liesbeth Popinga dagegen gehört einer Religionsgemeinschaft an, die viel strenger ist, viel – wie sagen Sie – konservatorischer?«

»Konservativer.«

»Ja. Sie ist Vorsitzende aller Wohltätigkeitsvereine...«

»Sie mögen sie nicht?«

»Doch, aber das ist nicht dasselbe. Sie ist die Tochter von einem Gymnasialdirektor, verstehen Sie? Mein Vater ist nur ein Bauer. Doch sie ist sehr lieb und nett.«

»Was ist passiert?«

»Hier werden oft Vorträge gehalten. Es ist eine Kleinstadt: fünftausend Einwohner. Doch man will sich weiterbilden... Letzten Donnerstag war Professor Duclos aus Nancy da... Kennen Sie ihn?«

Sie war sehr erstaunt, dass Maigret den Professor nicht kannte, den sie für eine Koryphäe der französischen Wissenschaft hielt.

»Ein berühmter Rechtsanwalt, Spezialist für kriminalistische und – wie heißt das? – psychologische Probleme. Er sprach über die Verantwortlichkeit der Verbrecher... Ist das richtig?... Sie müssen mir sagen, wenn ich Fehler mache...

Madame Popinga ist Vorsitzende der Gesellschaft. Die

Redner werden immer zu ihr nach Hause eingeladen. Um zehn Uhr kamen alle noch im engeren Kreis zusammen: Professor Jean Duclos, Conrad Popinga, seine Frau, dann Wienands, seine Frau und seine Kinder… Und ich.

Die Popingas wohnen einen Kilometer von hier, auch am Amsteldiep. Das Amsteldiep ist der Kanal, den Sie sehen… Wir haben Wein getrunken und Kuchen gegessen. Conrad hat das Radio angestellt. Any war auch da. Sie hatte ich vergessen, sie ist die Schwester von Madame Popinga und Rechtsanwältin. Conrad wollte tanzen. Wir rollten den Teppich auf… Die Wienands sind zuerst gegangen, wegen der Kinder. Das kleinste weinte. Sie wohnen im Haus neben den Popingas… Um Mitternacht war Any müde. Ich hatte mein Fahrrad dabei. Conrad hat mich nach Hause gebracht. Er ist mit seinem Fahrrad gefahren.

Ich bin nach Hause gekommen. Mein Vater hatte auf mich gewartet.

Wir haben erst am nächsten Morgen von dem Drama erfahren. Ganz Delfzijl war in Aufregung…

Ich glaube nicht, dass es meine Schuld war… Als Conrad nach Hause kam, wollte er sein Fahrrad in den Schuppen hinter dem Haus stellen.

Jemand schoss mit einem Revolver… Er fiel zu Boden… Eine halbe Stunde später war er tot.

Armer Conrad!… Mit seinem offenen Mund!…«

Sie wischte eine Träne ab, die sich auf ihrer glatten und rosigen Wange, die aussah wie ein reifer Apfel, etwas merkwürdig ausnahm.

»Ist das alles?«

»Ja. Die Polizei aus Groningen kam, um der Landpolizei zu helfen. Sie sagte, der Schuss sei vom Haus aus abgegeben worden. Anscheinend hat man gleich danach den Professor gesehen, wie er mit einem Revolver in der Hand die Treppe herunterkam. Es war der Revolver, mit dem geschossen worden war…«

»Professor Jean Duclos?«

»Ja. Deshalb hat man ihn nicht abreisen lassen.«

»Kurz, zu diesem Zeitpunkt waren noch Madame Popinga, ihre Schwester Any und Professor Duclos im Haus?«

»Ja!«

»Und am Abend waren außerdem die Wienands, Sie und Conrad da.«

»Und auch Cor! Ich vergaß ihn.«

»Cor?«

»Das ist die Abkürzung für Cornelius. Ein Kadett der Marineschule, der Privatunterricht bekam.«

»Wann ist er gegangen?«

»Zusammen mit mir und Conrad. Aber er fuhr nach links mit seinem Rad, zum Schulschiff zurück, das auf dem Emskanal liegt. – Nehmen Sie Zucker?«

Der Tee dampfte in den Tassen. Ein Auto hatte eben vor den drei Stufen der Freitreppe gehalten. Etwas später trat ein Mann ein, groß, breitschultrig, leicht ergraut, mit einem ernsten Gesicht und einer Schwerfälligkeit, die seine Ruhe noch hervorhob.

Es war der Bauer Liewens, der darauf wartete, dass seine Tochter ihm den Besucher vorstellte.

Er drückte Maigret kräftig die Hand, sagte aber nichts.

»Mein Vater kann kein Französisch.«

Sie goss ihm eine Tasse Tee ein, die er im Stehen in kleinen Schlucken trank. Dann berichtete sie ihm auf Holländisch von der Geburt des Kälbchens.

Sie erzählte ihm wohl von der Rolle, die der Kommissar dabei gespielt hatte, denn er schaute diesen erstaunt und ein wenig spöttisch an und ging dann, nachdem er sich etwas förmlich verabschiedet hatte, zum Stall hinüber.

»Hat man Professor Duclos ins Gefängnis gebracht?«, fragte Maigret.

»Nein! Er ist noch im Hotel Van Hasselt, zusammen mit einem Polizisten.«

»Und Conrad?«

»Seine Leiche wurde nach Groningen gebracht. Ungefähr dreißig Kilometer von hier entfernt. Eine große Stadt mit hunderttausend Einwohnern und mit einer Universität, an der Jean Duclos am Abend vorher gesprochen hatte... Es ist entsetzlich, nicht wahr? Man kann es nicht verstehen...«

Entsetzlich vielleicht! Aber man merkte nichts davon! Sicher kam das von der heiteren Atmosphäre, dieser netten und gemütlichen Umgebung, von dem dampfenden Tee und der ganzen kleinen Stadt, die wie ein Spielzeug aussah, das man zum Spaß am Ufer des Meeres aufgestellt hatte.

Wenn man aus dem Fenster schaute, konnte man über der roten Backsteinstadt Schornstein und Kommandobrücke eines großen Frachters sehen, der entladen wurde. Und auf der Ems ließen sich Schiffe von der Strömung aufs Meer treiben.

»Hat Conrad Sie oft nach Hause gebracht?«

»Jedes Mal, wenn ich ihn besuchte. Er war ein Freund.«

»War Madame Popinga nicht eifersüchtig?«

Maigret sagte dies aufs Geratewohl, weil sein Blick eben auf den verführerischen Busen des jungen Mädchens gefallen war und vielleicht weil ihm deswegen die Röte in die Wangen stieg.

»Warum?«

»Ich weiß nicht… Nachts… Sie beide…«

Sie lachte und zeigte ihre strahlenden Zähne.

»In Holland ist das immer so. Auch Cor brachte mich nach Hause.«

»Und er war nicht in Sie verliebt?«

Sie sagte weder ja noch nein. Sie gluckste. Genau das war es. Ein leises, kokett zufriedenes Glucksen.

Durch das Fenster sah man, wie ihr Vater das Kalb aus dem Stall holte, es wie ein Baby auf dem Arm trug und mitten auf die Wiese in die Sonne stellte.

Das Tier stand wackelig auf seinen vier zu dünnen Beinen, fiel beinahe um, setzte plötzlich zu einem Galopp von vier oder fünf Metern an und blieb dann wie angewurzelt stehen.

»Hat Conrad Sie nie geküsst?«

Wieder ein Lachen, aber sie wurde ein wenig rot dabei.

»Doch…«

»Und Cor?«

Sie reagierte etwas zurückhaltender, wandte halb den Kopf ab.

»Auch! Warum fragen Sie mich das?«

Sie hatte einen eigenartigen Blick. Vielleicht erwartete sie, dass auch Maigret sie küsste?

Draußen rief ihr Vater nach ihr. Sie öffnete das Fenster.

Er redete holländisch mit ihr. Als sie sich umdrehte, sagte sie:

»Entschuldigen Sie mich, ich muss in die Stadt zum Bürgermeister. Wegen des Stammbaums des Kalbes. Das ist sehr wichtig. Gehen Sie nicht auch nach Delfzijl?«

Er ging mit ihr hinaus. Sie hielt ihr Fahrrad an der Lenkstange und ging neben ihm her, wiegte sich dabei etwas in den Hüften, die schon breit wie die einer Frau waren.

»Ein schönes Land, nicht wahr? ... Armer Conrad, er wird es nie mehr sehen! ... Morgen machen die Bäder auf! Früher kam er immer und blieb eine Stunde im Wasser ...«

Maigret schaute beim Gehen auf den Boden.

2

Die Mütze des Baes

Gegen seine Gewohnheit prägte sich Maigret ein paar äußerliche, vor allem topographische Einzelheiten ein und bewies damit seinen Spürsinn, denn bei der Lösung des Falles sollte es in der Folge auf Fragen um Minuten und Meter ankommen.

Zwischen dem Hof der Liewens und dem Haus der Popingas lagen ungefähr eintausendzweihundert Meter. Beide Häuser standen am Kanal, und um von einem zum anderen zu gelangen, folgte man dem Treidelweg.

Ein übrigens beinahe unbenutzter Kanal, seitdem der viel breitere und tiefere Emskanal gebaut worden war, der Delfzijl mit Groningen verband.

Dieser hier, das Amsteldiep, war schlammig, gewunden, lag im Schatten schöner Bäume und wurde nur noch für den Transport der Holzstämme benutzt und von ein paar Schiffen mit geringer Tonnage durchfahren.

Hier und da Bauernhöfe, eine Werft für Schiffsreparaturen.

Wenn man vom Haus der Popingas zum Hof ging, kam man zuerst, nach dreißig Metern, am Haus der Wienands vorbei. Dann an einem Haus im Rohbau. Danach kam eine große Freifläche und das Lager mit den Holzstößen.

Hinter diesem Lagerplatz folgte wieder freies Gelände,

dann machten der Kanal und der Weg eine Biegung. Von dort aus konnte man deutlich die Fenster bei den Popingas sehen und genau links davon den weißen Leuchtturm, der auf der anderen Seite der Stadt stand.

»Ist das ein Leuchtturm mit einem rotierenden Licht?«, fragte Maigret.

»Ja.«

»So dass er nachts immer wieder dieses Stück Weg beleuchtet?«

»Ja«, sagte sie wieder mit einem leisen Lächeln, als ob sie sich an etwas Erfreuliches erinnerte.

»Für Verliebte nicht sehr lustig«, sagte er.

Sie verabschiedete sich vor dem Haus der Popingas von ihm, angeblich um eine Abkürzung zu fahren, aber wahrscheinlich wollte sie nicht mit ihm gesehen werden.

Maigret blieb nicht stehen. Es war ein modernes Haus, ein Backsteinbau mit einem kleinen Garten davor und einem Gemüsegarten dahinter, einer Allee zur Rechten und einer Brache zur Linken.

Er wollte lieber in die Stadt, die nur fünfhundert Meter entfernt war. Er kam an die Schleuse, die den Kanal vom Hafen trennte. Im Hafenbecken wimmelte es von Schiffen von hundert bis dreihundert Tonnen, die mit aufgerichteten Masten nebeneinanderlagen und eine kleine schwimmende Welt bildeten.

Linker Hand lag das Hotel Van Hasselt, in das er hineinging. Ein dunkler Saal mit glänzender Holztäfelung, in dem es nach Bier, Genever und Bohnerwachs roch. Ein großer Billardtisch. Ein Tisch, auf dem Zeitungen in Kupferhalterungen lagen.

In einer Ecke stand ein Mann auf, als Maigret hereinkam, und ging auf ihn zu.

»Sind Sie es, der mir von der französischen Polizei geschickt wurde?«

Er war groß, hager, knochig, mit einem langen markanten Gesicht, einer Hornbrille und dichten Haaren im Bürstenschnitt.

»Sie sind sicher Professor Duclos?«, entgegnete Maigret.

Er hatte ihn sich nicht so jung vorgestellt. Duclos musste zwischen fünfunddreißig und achtunddreißig Jahre alt sein. Aber er hatte etwas an sich, das Maigret auffiel.

»Stammen Sie aus Nancy?«

»Ich habe dort einen Lehrstuhl für Soziologie an der Universität...«

»Aber Sie sind nicht in Frankreich geboren!«

Das ließ sich wie ein Kleinkrieg an.

»In der französischen Schweiz. Ich bin naturalisierter Franzose. Ich habe mein Studium in Paris und Montpellier absolviert.«

»Und Sie sind protestantisch?«

»Woran sehen Sie das?«

An nichts! An allem! Duclos gehörte zu einer Kategorie von Menschen, die der Kommissar gut kannte. Männer der Wissenschaft. Das Studium um des Studiums willen! Der Gedanke um des Gedankens willen! Eine gewisse Strenge im Benehmen und in der Lebensführung, zugleich eine Neigung zu internationalen Kontakten. Begeisterung für Vorträge, für Kongresse, für Korrespondenz mit ausländischen Partnern.

Er war ziemlich nervös, wenn man das überhaupt von einem Mann sagen kann, dessen Züge nie eine Reaktion zeigen. Auf seinem Tisch stand eine Flasche Mineralwasser, daneben lagen zwei dicke Bücher und ausgebreitete Blätter.

»Ich sehe den Polizisten nicht, der Sie überwachen soll…«

»Ich habe mein Ehrenwort gegeben, dass ich nicht abreise. Ich möchte Sie darauf aufmerksam machen, dass ich von literarischen und wissenschaftlichen Gesellschaften in Emden, Hamburg und Bremen erwartet werde. Ich sollte in diesen drei Städten Vorträge halten, als…«

Eine dicke blonde Frau, die Wirtin des Hotels, erschien, und Jean Duclos erklärte ihr auf Holländisch, wer der Besucher war.

»Ich habe auf gut Glück angefragt, ob mir ein Polizeibeamter geschickt wird. Ich hoffe nämlich, das Rätsel meinerseits lösen zu können.«

»Würden Sie mir erzählen, was Sie wissen!«

Und Maigret ließ sich in einen Sessel fallen und bestellte:

»Einen Bols!… In einem großen Glas.«

»Hier sind zuerst einmal die Pläne, maßstabsgetreu gezeichnet. Ich kann Ihnen ein Duplikat davon geben. Auf dem ersten ist das Erdgeschoss des Hauses der Popingas zu sehen: links der Flur, rechts das Wohnzimmer, dann das Esszimmer; hinten die Küche, dahinter der Schuppen, in dem Popinga immer sein Boot und seine Fahrräder unterstellte.«

»Sie haben sich alle im Wohnzimmer aufgehalten?«

»Ja. Zweimal ist Madame Popinga, dann Any in die Küche gegangen, um Tee zu kochen, denn das Dienstmädchen schlief schon. Hier ist der Plan vom ersten Stock: hinten, genau über der Küche, das Bad; vorn hinaus zwei Zimmer, links das Schlafzimmer der Popingas, rechts ein Arbeitszimmer, wo Any auf dem Sofa schlief; dahinter schließlich das Zimmer, das mir zugeteilt worden war.«

»Von welchen Zimmern aus konnte überhaupt geschossen werden?«

»Aus meinem Zimmer, dem Bad und dem Esszimmer im Erdgeschoss.«

»Erzählen Sie mir, wie der Abend verlief.«

»Mein Vortrag war ein voller Erfolg. Ich habe ihn in dem Saal gehalten, den Sie dort sehen.«

Ein langer, mit Papiergirlanden dekorierter Saal, der für Gesellschaftsabende, Bankette und Theateraufführungen diente. Ein Podium und dahinter Schlossparkkulissen.

»Danach sind wir in Richtung Amsteldiep gegangen.«

»Am Kai entlang? Können Sie mir sagen, in welcher Reihenfolge Sie gegangen sind?«

»Ich ging vorn mit Madame Popinga, die eine sehr gebildete Frau ist. Conrad Popinga flirtete mit diesem kleinen, dummen Bauernmädchen, das immer nur lacht und nichts von dem, was ich sagte, verstanden hat. Dann folgten die Wienands, Any und der Schüler von Popinga, irgend so ein blasser Junge.«

»Sie kamen vor dem Haus an.«

»Man hat Ihnen sicher erzählt, dass ich von der Verantwortlichkeit der Verbrecher gesprochen habe. Madame Popingas Schwester, die gerade ihr Jurastudium beendet hat und sich nach ihrer Rückkehr als Anwältin niederlassen will, hat mich nach ein paar Einzelheiten gefragt. Dabei kamen wir auf die Rolle des Anwalts in einem Kriminalfall zu sprechen. Dann ging es um die Kriminologie, und ich erinnere mich, dass ich ihr empfahl, die Bücher des Wiener Professors Grosz zu lesen. Ich vertrat die These, dass ein strafloses Verbrechen absolut unmöglich sei. Ich sprach von Fingerabdrücken, von der Analyse jedes kleinsten Hinweises, von Schlussfolgerungen… Conrad Popinga dagegen wollte durchaus, dass ich Radio Paris zuhörte!«

Maigret lächelte unmerklich.

»Er schaffte es! Man spielte Jazzmusik. Popinga holte eine Flasche Cognac und war erstaunt, einen Franzosen anzutreffen, der keinen trank. Er selber und auch das Bauernmädchen tranken ganz schön. Sie waren ziemlich ausgelassen… Sie tanzten…

›Wie in Paris!‹, jubelte Popinga.«

»Sie mochten ihn nicht?«, bemerkte Maigret.

»Ein großer Junge ohne Interessen! Wienands dagegen hörte uns zu, obwohl er sich mit Mathematik befasst… Ein Baby hat dann geweint. Die Wienands sind gegangen… Das Bauernmädchen war ziemlich angeheitert. Conrad schlug vor, sie nach Hause zu bringen, und beide fuhren mit den Fahrrädern los. Madame Popinga brachte mich auf mein Zimmer. Ich ordnete in meinem Koffer ein paar Papiere. Ich wollte mir noch Notizen für ein Buch machen, das ich vorbereite, als ich einen Schuss hörte, so nahe, dass ich hätte glauben können, es würde in meinem Zimmer geschossen. Ich stürzte nach draußen. Die Tür zum Bad stand halb offen. Ich stieß sie auf. Das Fenster war sperrangelweit offen. Jemand röchelte im Garten, in der Nähe des Fahrradschuppens…«

»War Licht im Bad?«

»Nein. Ich habe mich zum Fenster hinausgelehnt. Dabei fühlte ich unter meiner Hand den Lauf eines Revolvers, den ich unwillkürlich ergriff. Ich sah undeutlich eine ausgestreckte Gestalt neben dem Schuppen. Ich wollte hinuntergehen. Ich stieß mit Madame Popinga zusammen, die fassungslos aus ihrem Zimmer kam. Wir sind beide die Treppe hinuntergelaufen und waren noch nicht durch die Küche, als Any uns einholte, die so aufgeregt war, dass sie im Unterrock herunterkam... Sie werden das besser verstehen, wenn Sie sie kennengelernt haben.«

»Und Popinga?«

»Schon beinahe tot... Er schaute uns mit großen, verwirrten Augen an und hatte eine Hand auf die Brust gepresst... Als ich ihn hochheben wollte, wurde er starr... Er war tot, eine Kugel in der Brust.«

»Ist das alles, was Sie wissen?«

»Man hat die Polizei und den Arzt gerufen. Man hat Wienands angerufen, der kam und uns half... Ich spürte eine gewisse Verlegenheit... Ich vergaß, dass man mich mit dem Revolver in der Hand gesehen hatte... Die Polizisten haben mich daran erinnert, eine Erklärung von mir verlangt. Sie haben mich höflich gebeten, mich zu ihrer Verfügung zu halten.«

»Das war vor einer Woche?«

»Ja. Ich bemühe mich, das Problem zu lösen, denn es ist eines! Sehen Sie sich diese Blätter an!«

Maigret klopfte seine Pfeife aus, ohne die Papiere eines Blickes zu würdigen.

»Sie verlassen das Hotel nicht?«

»Ich könnte es, aber ich tue es nicht, um jeden Zwischenfall zu vermeiden. Popinga war bei seinen Schülern sehr beliebt, und in der Stadt begegnet man ihnen andauernd.«

»Hat man irgendein Indiz gefunden?«

»Ach ja, entschuldigen Sie! Any, die ihrerseits Untersuchungen anstellt und hofft, darin erfolgreich zu sein, auch wenn es ihr noch an Erfahrung fehlt, versorgt mich von Zeit zu Zeit mit Informationen. Zuvor müssen Sie wissen, dass die Badewanne mit einem Holzdeckel zugedeckt werden kann und dadurch in einen Bügeltisch umgewandelt wird. Am nächsten Morgen hat man diesen Deckel hochgehoben und eine alte Seemannsmütze gefunden, die noch nie im Haus gesehen worden war. Im Erdgeschoss wurde nach langem Suchen auf dem Esszimmerteppich ein Zigarrenstummel aus ganz schwarzem Tabak gefunden, ich glaube eine Manila, wie sie weder Popinga noch Wienands noch der Schüler rauchte ... Und ich rauche nie ... Nun war aber das Esszimmer gleich nach dem Abendessen gefegt worden ...«

»Was schließen Sie daraus?«

»Nichts!«, ließ Jean Duclos fallen. »Ich werde meine Schlüsse erst ziehen, wenn ich so weit bin. Entschuldigen Sie, dass ich Sie von so weit her kommen ließ. Außerdem hätte man einen Polizeibeamten nehmen können, der die Landessprache versteht! Ich werde Sie nur dann brauchen, wenn Maßnahmen gegen mich ergriffen werden, gegen die Sie offiziell Protest einlegen müssen!«

Maigret fuhr sich über die Nase und lächelte dabei genießerisch.

»Sind Sie verheiratet, Monsieur Duclos?«

»Nein!«

»Und Sie kannten weder die Popingas noch die kleine Any noch die anderen anwesenden Personen vorher?«

»Niemanden! Sie kannten mich, dem Namen nach.«

»Natürlich! Natürlich!«

Und er nahm die beiden mit dem Lineal gezeichneten Pläne vom Tisch, stopfte sie in seine Tasche, tippte an seinen Hut und ging.

Das Polizeibüro war modern, gemütlich und hell. Maigret wurde schon erwartet. Der Bahnhofsvorsteher hatte seine Ankunft gemeldet, und man wunderte sich, dass er bis jetzt noch nicht erschienen war.

Er kam herein, als ob er hier zu Hause sei, zog seinen Übergangsmantel aus und legte seinen Hut auf ein Möbelstück.

Der Inspektor, der von Groningen geschickt worden war, sprach langsam und etwas affektiert Französisch. Er war ein großer blonder und hagerer Mann von bemerkenswerter Liebenswürdigkeit, der bei jedem seiner Sätze kurz nickte, als ob er sagen wollte:

»Sie verstehen? Wir sind uns doch einig?«

Doch Maigret ließ ihn kaum zu Wort kommen.

»Wenn Sie sich schon eine Woche lang mit diesem Fall beschäftigen«, sagte er, »müssen Sie die Zeiten nachgeprüft haben.«

»Welche Zeiten?«

»Es wäre zum Beispiel interessant zu wissen, wie viel Minuten das Opfer genau gebraucht hat, um Mademoiselle Beetje nach Hause zu bringen und dann wieder zurückzufahren... Warten Sie! Ich möchte auch gern wissen, wann

Mademoiselle Beetje auf dem Hof angekommen ist; das kann Ihnen sicher ihr Vater, der auf sie gewartet hat, beantworten. Schließlich, wann der junge Cor auf das Schulschiff, auf dem es sicher einen Wachposten gibt, zurückgekehrt ist.«

Der Polizeibeamte machte ein verärgertes Gesicht, stand plötzlich auf, als fiele ihm etwas ein, ging in ein Zimmer nach hinten und kam mit einer völlig verbeulten Seemannsmütze zurück. Dann sagte er betont langsam:

»Wir haben den Besitzer dieses Gegenstandes ausfindig gemacht, der in der Badewanne entdeckt wurde. Es ist... es ist ein Mann, der bei uns der Baes genannt wird. Im Französischen würden Sie Chef sagen.«

Hörte Maigret überhaupt zu?

»Wir haben ihn nicht festgenommen, weil wir ihn lieber beschatten wollen und er hier in der Gegend sehr bekannt ist... Kennen Sie die Emsmündung?... Wenn man an die Nordsee kommt, liegen etwa zehn Meilen von hier Sandinseln, die bei starker Flut beinahe völlig unter Wasser sind. Eine dieser Inseln heißt Workum. Dort hat sich ein Mann mit seiner Familie und Knechten häuslich eingerichtet und sich in den Kopf gesetzt, Viehzucht zu betreiben. Das ist der Baes. Er hat einen Staatszuschuss erhalten, denn er muss den Leuchtturm bedienen. Man hat ihn sogar zum Bürgermeister von Workum ernannt, dessen einziger Bewohner er ist. Er hat ein Motorboot, mit dem er zwischen Delfzijl und seiner Insel hin- und herfährt.«

Maigret rührte sich immer noch nicht. Der Polizeibeamte zwinkerte.

»Ein komischer Mensch! Der Alte ist sechzig Jahre und

hart wie Granit. Er hat drei Söhne, die genau solche Seeräuber sind wie er. Denn … hören Sie … Das darf man zwar gar nicht erzählen … Sie wissen, dass Delfzijl vor allem aus Finnland und Riga Holz bekommt. Die Dampfer, die es bringen, haben einen Teil der Ladung auf Deck. Diese Ladung ist mit Ketten befestigt. Bei Gefahr haben die Kapitäne Order, die Ketten zu lösen und die Ladung dem Meer zu überlassen, damit nicht das ganze Schiff untergeht … Verstehen Sie immer noch nicht?«

Maigret schien sich für diese Geschichte nicht im Geringsten zu interessieren.

»Der Baes ist ein schlauer Fuchs … Er kennt alle Kapitäne, die hierherkommen. Er wird mit ihnen handelseinig. Wenn also die Inseln in Sicht kommen, findet sich immer irgendein Grund, um wenigstens eine Kette zu lösen. Das sind dann ein paar Tonnen Holz, die die Flut bei Workum an den Strand spült … Strandrecht! Verstehen Sie nun? Der Baes macht mit den Kapitänen halbe-halbe. Und es ist seine Mütze, die in der Badewanne gefunden wurde. Das einzige Problem ist, dass er nur Pfeife raucht … Aber er muss ja nicht unbedingt allein gewesen sein …«

»Ist das alles?«

»Nein! Monsieur Popinga, der überall Beziehungen hat oder vielmehr hatte, wurde vor zwei Wochen zum Vizekonsul von Finnland in Delfzijl ernannt …«

Der hagere junge Mann schnaufte vor Genugtuung.

»Wo war sein Schiff in der Nacht, als der Mord geschah?«

Es hörte sich beinahe wie ein Aufschrei an:

»In Delfzijl! … Am Kai! … In der Nähe der Schleuse! Das heißt fünfhundert Meter vom Haus entfernt.«

Maigret stopfte seine Pfeife, ging im Büro auf und ab, blickte gelangweilt auf die Berichte, von denen er kein Sterbenswörtchen verstand.

»Haben Sie nichts anderes herausgefunden?«, fragte er plötzlich und vergrub seine Hände in die Taschen.

Es überraschte ihn kaum, als er sah, wie der Polizeibeamte rot wurde.

»Wissen Sie schon…?«

Er fing sich wieder:

»Stimmt, Sie haben ja den ganzen Nachmittag in Delfzijl zugebracht… Französische Methode!«

Er klang verlegen.

»Ich weiß noch nicht, was diese Aussage wert ist… Es war am vierten Tag… Madame Popinga war hier… Sie hat mir gesagt, dass sie den Pastor um Rat gefragt hat, ob sie reden soll. Kennen Sie das Haus?… Noch nicht?… Ich kann Ihnen einen Plan geben.«

»Danke! Ich habe einen!«, sagte der Kommissar und zog ihn aus der Tasche.

Verblüfft redete der andere weiter:

»Sehen Sie das Schlafzimmer der Popingas?… Vom Fenster aus kann man nur ein kleines Stück von der Straße sehen, die zum Hof führt. Genau das Stück, das alle fünfzehn Sekunden vom Leuchtturm angestrahlt wird.«

»Und Madame Popinga beobachtete eifersüchtig ihren Mann?«

»Sie schaute… Sie sah die beiden Radfahrer, die zum Hof fuhren. Dann ihren Mann, als er zurückkam. Dann, kurze Zeit später, hundert Meter dahinter, Beetje Liewens…«

»Anders ausgedrückt, nachdem Conrad Popinga Beetje

nach Hause gebracht hatte, kam sie ganz allein zum Haus der Popingas zurückgefahren. Was sagt sie dazu?«

»Wer?«

»Das Mädchen.«

»Bis jetzt nichts. Ich wollte sie nicht gleich vernehmen, denn das ist ziemlich schwerwiegend. Und Sie haben das Wort schon ausgesprochen: Eifersucht! Verstehen Sie?... Monsieur Liewens ist Mitglied des Stadtrats...«

»Wann ist Cor auf das Schulschiff zurückgekehrt?«

»Das wissen wir. Fünf Minuten nach Mitternacht.«

»Und wann wurde der Schuss abgegeben?«

»Fünf Minuten vor Mitternacht. Doch da sind die Zigarre und die Mütze...«

»Hat er ein Fahrrad?«

»Ja. Jeder fährt hier mit dem Fahrrad. Das ist praktisch. Ich selbst... Aber an jenem Abend hatte er es nicht dabei.«

»Wurde der Revolver untersucht?«

»Ja! Es ist die Dienstpistole von Conrad Popinga. Sie war mit sechs Kugeln geladen und lag immer im Nachttisch.«

»Aus wie viel Metern Entfernung wurde geschossen?«

»Ungefähr aus sechs. Das ist die Entfernung vom Badezimmerfenster aus. Es ist auch die Entfernung vom Zimmer von Monsieur Duclos aus. Und vielleicht wurde der Schuss gar nicht von oben abgefeuert. Man weiß es nicht, denn vielleicht hat sich der Lehrer, als er sein Rad unterstellte, gerade gebückt. Doch da sind die Mütze und die Zigarre... Vergessen Sie das nicht!«

»Zum Teufel mit der Zigarre«, brummte Maigret zwischen den Zähnen.

Und laut: »Weiß Mademoiselle Any von der Aussage ihrer Schwester?«

»Ja.«

»Was sagt sie dazu?«

»Sie sagt nichts! Sie ist ein gebildetes Mädchen und redet nicht viel. Sie ist nicht wie die anderen Mädchen.«

»Ist sie hässlich?«

Ganz eindeutig brachte Maigret es fertig, mit jeder Zwischenfrage den Holländer zusammenzucken zu lassen.

»Nicht gerade hübsch!«

»Gut! Also ist sie hässlich. Und Sie sagten, dass ...«

»... sie den Mörder finden will. Sie bemüht sich. Sie hat darum gebeten, die Berichte lesen zu dürfen.«

Es war reiner Zufall. Ein junges Mädchen kam herein, eine Aktenmappe unter dem Arm, und war so streng gekleidet, dass es beinahe geschmacklos aussah.

Sie ging direkt auf den Polizeibeamten aus Groningen zu. Ohne den Fremden zu bemerken – vielleicht übersah sie ihn auch absichtlich –, fing sie an, in ihrer Muttersprache zu reden.

Der andere errötete, trat von einem Bein auf das andere, blätterte in Papieren, um Haltung zu bewahren, deutete mit dem Blick auf Maigret. Aber sie wollte von diesem keine Notiz nehmen.

Als ihm nichts mehr anderes übrigblieb, sagte der Holländer, beinahe wider Willen, auf Französisch:

»Sie sagt, es verstoße gegen das Gesetz, wenn Sie auf unserem Boden Untersuchungen anstellen.«

»Ist das Mademoiselle Any?«

Ein unregelmäßiges Gesicht, ein zu großer Mund mit

schiefen Zähnen, ohne die sie nicht weiter unangenehm ausgesehen hätte. Ein platter Busen. Große Füße. Aber vor allem die aufreizende Selbstsicherheit einer Frauenrechtlerin.

»Ja. Nach dem Gesetz hat sie recht. Aber ich lasse ihr sagen, dass es üblich ist…«

»Mademoiselle Any versteht Französisch, nicht wahr?«

»Ich glaube…«

Das Mädchen regte sich nicht, wartete mit erhobenem Kopf, bis die beiden ihre Unterhaltung beendet hatten, die sie nichts anzugehen schien.

»Mademoiselle«, sagte Maigret mit übertriebener Zuvorkommenheit, »ich habe das Vergnügen, mich Ihnen vorzustellen! Kommissar Maigret von der Pariser Kriminalpolizei. Alles, was ich wissen möchte, ist, was Sie von Mademoiselle Beetje und ihrem Verhältnis zu Cornelius halten.«

Sie versuchte zu lächeln. Zu lächeln wie jemand, der schüchtern ist und sich Gewalt antun muss. Sie sah Maigret an, dann ihren Landsmann, stotterte mühsam auf Französisch:

»Ich… ich… nicht gut verstehen…«

Und diese Anstrengung genügte, dass sie bis über beide Ohren rot wurde und hilfesuchend um sich schaute.

3

Der Klub der Kairatten

Es waren ungefähr zehn Männer, in dicken blauen Wolljacken, mit Seemannsmützen und lackierten Holzschuhen. Die einen lehnten am Stadttor, die anderen an den Ankerpollern, wieder andere standen breitbeinig in weiten Hosen da und sahen darin riesig aus.

Sie rauchten, priemten, spuckten vor allem, und dann und wann lachten sie lauthals über einen Satz und schlugen sich auf die Schenkel.

Ein paar Meter von ihnen entfernt lagen die Schiffe vor Anker. Dahinter die kleine vom Deich umschlossene Stadt. Etwas weiter weg entlud ein Kran ein Kohleschiff.

Zuerst bemerkten die Männer in der Gruppe Maigret nicht, der am Warf entlangspazierte. So konnte der Kommissar sie in aller Ruhe beobachten.

Er wusste, dass man diese Leute in Delfzijl ironisch den Klub der Kairatten nannte. Auch wenn es ihm niemand gesagt hätte, hätte er erraten, dass die meisten dieser Seeleute den größten Teil des Tages an eben dieser Stelle verbrachten, ob es regnete oder ob die Sonne schien, und in Muße miteinander schwatzten und dabei auf den Boden spuckten.

Einem von ihnen gehörten drei Klipper, schöne Motorsegler von vierhundert Tonnen, von denen einer gerade die Ems hinunterfuhr und bald in den Hafen einlaufen würde.

Aber es gab auch weniger großartige Gestalten: einen Kalfaterer, der sicher nicht viel Arbeit hatte, und den Aufseher einer stillgelegten Schleuse, der die staatliche Dienstmütze trug.

Aber mitten unter ihnen stach einer alle anderen aus, nicht nur weil er am dicksten und größten und sein Gesicht am rötesten war, sondern weil er auch eine starke Persönlichkeit zu sein schien.

Holzschuhe. Eine Seemannsjacke. Auf dem Kopf eine nagelneue Mütze, die sich noch nicht an die Kopfform angepasst hatte und albern aussah.

Dieser Mann war Oosting, meistens der Baes genannt, und er war dabei, eine kurze Tonpfeife zu rauchen und zuzuhören, was die neben ihm erzählten.

Er lächelte unbestimmt. Ab und zu nahm er seine Pfeife aus dem Mund und blies langsam den Rauch aus.

Ein kleiner Dickhäuter. Ein grober Klotz, der aber sehr sanfte Augen hatte und von dessen ganzer Person etwas zugleich Hartgesottenes und Empfindsames ausging.

Sein Blick war auf ein etwa fünfzehn Meter langes Schiff gerichtet, das am Kai festgemacht lag. Ein schnittiges, schönes Boot, wahrscheinlich eine ehemalige Jacht, die aber jetzt unordentlich und schmutzig aussah.

Das Boot gehörte ihm, und von dieser Stelle aus konnte man die zwanzig Kilometer breite Ems sehen, ein fernes Glitzern – die Nordsee – und irgendwo einen roten Sandstreifen – die Insel Workum, Oostings Reich.

Der Abend brach herein, und die rotglühend untergehende Sonne ließ diese rote Backsteinstadt noch röter erstrahlen, tauchte den Mennigeanstrich eines Frachters, der repariert wurde, in flammendes Rot, das sich auf dem Wasser des Hafenbeckens widerspiegelte.

Der Blick des Baes wanderte langsam über die Dinge und blieb an Maigret hängen. Die blaugrünen Augen waren ganz klein. Sie verweilten kurz auf dem Kommissar, dann klopfte der Mann seine Pfeife an seinem Holzschuh aus, spuckte, suchte in seiner Tasche nach der Schweinsblase mit dem Tabak und lehnte sich bequemer an die Mauer.

Von da an spürte Maigret diesen Blick auf sich, der ihn nicht mehr losließ und in dem weder Prahlerei noch Trotz lag; der Blick war ruhig und doch bang, es war ein Blick, der abmaß, abschätzte, prüfte.

Der Kommissar war als Erster vom Polizeibüro weggegangen, nachdem er sich mit dem holländischen Inspektor Pijpekamp verabredet hatte.

Any war dortgeblieben, und es dauerte nicht lange, da ging sie eilig mit ihrer Aktenmappe unter dem Arm und mit leicht nach vorn gebeugtem Oberkörper vorbei – eine Frau, die sich für das, was auf der Straße geschieht, nicht interessiert.

Maigret schaute nicht sie an, sondern den Baes, der ihr lange nachsah und sich dann mit gerunzelter Stirn Maigret zuwandte.

Da ging Maigret, ohne eigentlich recht zu wissen, warum, auf die Gruppe zu, die plötzlich verstummte. Zehn Gesichter drehten sich mit einem gewissen Erstaunen zu ihm.

Er wandte sich an Oosting.

»Verzeihung! Verstehen Sie Französisch?«

Der Baes rührte sich nicht, schien zu überlegen. Ein schlanker Matrose neben ihm erklärte:

»Frenchman! … French-politie!«

Vielleicht waren dies die seltsamsten Minuten in Maigrets Laufbahn. Sein Gesprächspartner drehte sich nach seinem Boot um und schien zu zögern.

Es war offensichtlich, dass er dem Kommissar vorschlagen wollte, mit ihm an Bord zu kommen. Man sah eine kleine Kajüte mit Eichenwänden, eine Karbidlampe und einen Kompass.

Die anderen warteten. Er öffnete den Mund.

Dann zuckte er plötzlich die Achseln, als ob er sagen wollte: ›Es ist zu dumm! …‹

Das sagte er nicht. Er sagte mit heiserer, kehliger Stimme:

»Nicht verstehen … *Hollandsch … English …*«

Anys schwarze Gestalt mit ihrem Trauerflor ging über die Brücke und schlug dann den Weg entlang dem Amsteldiep ein. Der Baes fing den Blick auf, den Maigret auf seine neue Mütze warf, aber er zuckte nicht zusammen. Eher huschte der Anflug eines Lächelns über seine Lippen.

In diesem Augenblick hätte der Kommissar viel darum gegeben, sich in seiner Sprache mit diesem Mann unterhalten zu können, und wären es auch nur fünf Minuten gewesen. Seine Bereitschaft war so groß, dass er ein paar Silben auf Englisch stammelte, aber mit einem solchen Akzent, dass ihn niemand verstand.

»Nicht verstehen! Niemand verstehen!«, sagte wieder der, der sich vorher schon eingemischt hatte.

Die Männer setzten also ihr Gespräch fort, und Maigret

ging weiter mit dem unbestimmten Gefühl, dass er der Lösung des Rätsels eben ganz nah gewesen war, sie ihm aber wieder entglitten war, weil er sich nicht verständigen konnte.

Ein paar Minuten später drehte er sich um. Die Gruppe der Kairatten stand in der untergehenden Sonne und redete noch immer, und die letzten Sonnenstrahlen ließen das dicke Gesicht des Baes, der immer noch dem Polizeibeamten nachschaute, noch dunkelroter erscheinen.

Bis dahin hatte Maigret sich irgendwie um das Drama herum bewegt und den stets peinlichen Besuch im Trauerhaus bis zuletzt hinausgeschoben.

Dort klingelte er nun. Es war kurz nach sechs Uhr. Er hatte nicht daran gedacht, dass die Holländer um diese Zeit zu Abend essen, und als ein kleines Dienstmädchen ihm öffnete, sah er im Esszimmer zwei Frauen am Tisch sitzen.

Beide erhoben sich gleichzeitig, mit der etwas steifen Eilfertigkeit gut erzogener Internatsschülerinnen.

Sie waren ganz in Schwarz. Auf dem Tisch stand Tee, dünn geschnittenes Brot und Aufschnitt. Trotz der Abenddämmerung brannte kein Licht, nur die Flamme eines Gasofens, die durch die feuerfeste Scheibe zu sehen war, kämpfte gegen das Halbdunkel an.

Any war es, die gleich daran dachte, das Licht anzuknipsen, während das Dienstmädchen die Vorhänge zuzog.

»Entschuldigen Sie bitte«, sagte Maigret. »Es ist mir unangenehm, Sie ausgerechnet beim Essen zu stören.«

Madame Popinga deutete verlegen auf einen Sessel und schaute verwirrt um sich, als sich ihre Schwester ganz nach hinten ins Zimmer zurückzog.

Es war ungefähr so eingerichtet wie im Bauernhof. Moderne, aber unauffällige Möbel. Gedämpfte Farben, in einer vornehmen und düsteren Harmonie.

»Sie kommen wegen…«

Madame Popingas Unterlippe schob sich nach vorn, und sie musste ihr Taschentuch vor den Mund halten, um ein plötzliches Schluchzen zu unterdrücken. Any rührte sich nicht.

»Entschuldigen Sie! Ich komme ein andermal…«

Madame Popinga schüttelte den Kopf. Sie bemühte sich, ihre Selbstbeherrschung wiederzugewinnen. Sie musste ein paar Jahre älter sein als ihre Schwester. Sie war groß und viel fraulicher. Sie hatte ein regelmäßiges Gesicht, einen ganz leichten Ausschlag auf den Wangen und ein paar graue Haare. Und eine zurückhaltende Vornehmheit in ihrem Benehmen! Maigret erinnerte sich, dass sie die Tochter eines Schuldirektors war, mehrere Sprachen fließend beherrschte und sehr gebildet war. Trotzdem war sie schüchtern wie eine Kleinstädterin, die sich von jeder Kleinigkeit verunsichern lässt.

Er erinnerte sich auch, dass sie der strengsten reformierten Religionsgemeinschaft angehörte, Vorsitzende der Wohltätigkeitsvereine von Delfzijl und der intellektuellen Frauenzirkel war.

Sie hatte sich wieder in der Gewalt. Sie schaute ihre Schwester an, wie um sie um Beistand zu bitten.

»Entschuldigen Sie!… Aber es ist unfasslich, nicht wahr?… Conrad!… Ein Mann, den alle mochten!«

Ihr Blick fiel auf das Radio, das in einer Ecke stand, und sie brach beinahe in Tränen aus.

»Das war sein einziges Vergnügen«, stammelte sie. »Und sein Boot, im Sommer, am Abend, auf dem Amsteldiep. Er hatte viel zu tun … Wer kann das nur getan haben?«

Und als Maigret nichts sagte, redete sie mit leicht geröteten Wangen in dem Ton weiter, den sie angeschlagen hätte, wenn man sie gerichtlich belangt hätte:

»Ich beschuldige niemanden. Ich weiß nicht … Ich will es nicht glauben, verstehen Sie? … Die Polizei hat an Professor Duclos gedacht, weil er mit dem Revolver in der Hand herauskam. Es ist so entsetzlich! Jemand hat Conrad ermordet! Warum? … Warum ihn? … Und nicht einmal, um etwas zu stehlen! Warum dann? …«

»Sie haben der Polizei erzählt, was Sie vom Fenster aus gesehen haben …«

Wieder wurde sie rot. Sie hielt sich aufrecht, stützte sich mit einer Hand auf den gedeckten Tisch.

»Ich wusste nicht, ob es notwendig war. Ich glaube nicht, dass Beetje etwas getan hat. Ich habe nur zufällig gesehen … Man hat mir gesagt, die kleinsten Kleinigkeiten könnten bei einer Untersuchung von Nutzen sein. Ich habe den Pastor um Rat gefragt. Er hat mir gesagt, ich soll es erzählen. Beetje ist ein gutes Mädchen. Ich wüsste wirklich nicht, wer … Bestimmt jemand, der in ein Irrenhaus gehört.«

Sie redete ohne Stocken. Ihr Französisch war korrekt und von einem ganz leichten Akzent gefärbt.

»Any erzählte mir, dass Sie aus Paris gekommen sind! Wegen Conrad! Ich kann es kaum glauben!«

Sie war ruhiger geworden. Ihre Schwester saß immer noch in derselben Ecke des Zimmers und rührte sich nicht. Maigret konnte sie nur über einen Spiegel teilweise sehen.

»Sie müssen sicher das Haus ansehen?«

Sie hatte sich schon damit abgefunden. Doch seufzte sie:

»Wenn Sie mit Any gehen wollen…«

Ein schwarzes Kleid ging dem Kommissar voraus. Er folgte ihm auf einer mit einem neuen Teppich ausgelegten Treppe. Das Haus, das noch keine zehn Jahre alt war und wie eine Nippsache wirkte, war leicht gebaut, aus Hohlziegeln und Tannenholz. Aber die Anstriche der Holztäfelungen gaben dem Ganzen ein frisches Aussehen.

Die Badezimmertür wurde zuerst geöffnet. Der Holzdeckel lag auf der Badewanne, die so zu einem Bügeltisch wurde. Maigret beugte sich zum Fenster hinaus, sah den Fahrradschuppen, den gepflegten Gemüsegarten und hinter den Feldern Delfzijl, wo kein einziges Haus höher als einstöckig war.

Any wartete an der Tür.

»Es scheint, dass auch Sie den Mörder suchen!«, sagte Maigret zu ihr.

Sie fuhr zusammen, antwortete aber nicht, sondern beeilte sich, die Tür zum Zimmer von Professor Duclos zu öffnen.

Ein Messingbett. Ein Pitchpine-Schrank. Linoleumboden.

»Wessen Zimmer war das?«

Es machte ihr Mühe zu sagen:

»Meins… Wenn ich auf Besuch kam.«

»Kamen Sie oft?«

»Ja… Ich…«

Sie war tatsächlich schüchtern. Die Worte blieben ihr im Hals stecken. Hilfesuchend schaute sie sich um.

»Als der Professor hier war, schliefen Sie also im Arbeitszimmers Ihres Schwagers?«

Sie nickte und öffnete die Tür zu dem Zimmer. Ein Tisch voll mit Büchern, darunter neue Werke über gyroskopische Kompasse und über die Steuerung von Schiffen mit Hilfe von Hertz-Wellen. Sextanten. An der Wand Fotos von Conrad Popinga in Asien, in Afrika, auf denen er die Uniform eines Ersten Offiziers oder Kapitäns trug.

Ein Sortiment malayischer Waffen. Japanische Emailarbeiten. In den Regalen ein paar Präzisionswerkzeuge, ein auseinandergenommener Kompass, den Popinga wohl reparieren wollte.

Ein mit blauem Rips bezogenes Sofa.

»Und das Schlafzimmer Ihrer Schwester?«

»Nebenan.«

Das Arbeitszimmer war mit dem Zimmer des Professors und dem Schlafzimmer der Popingas verbunden, das exquisit eingerichtet war. Eine Alabasterlampe am Kopfende des Bettes. Ein ziemlich schöner Perserteppich. Möbel aus exotischem Holz.

»Sie waren im Arbeitszimmer ...«, sagte Maigret wie abwesend.

Ein Nicken.

»Also konnten Sie es nur durch das Zimmer des Professors oder durch das Ihrer Schwester verlassen?«

Wieder Nicken.

»Nun, der Professor war in seinem Zimmer. Ihre Schwester in ihrem ...«

Aufs äußerste bestürzt, riss sie die Augen auf und öffnete den Mund.

»Sie glauben …?«

Er ging in den drei Zimmern hin und her und brummte:

»Ich glaube gar nichts! Ich suche! Ich sortiere! Und bis jetzt sind Sie die Einzige, die, logisch gesehen, nicht in Frage kommt, es sei denn, man hält Duclos oder Madame Popinga für Ihre Komplizen.«

»Sie … Sie …«

Aber er redete weiter vor sich hin: »Duclos hat entweder aus seinem Zimmer oder aus dem Bad schießen können, das ist klar! Madame Popinga hätte auch ins Bad gehen können. Aber der Professor, der nach dem Schuss gleich dorthin eilte, hat sie dort nicht gesehen. Im Gegenteil! Er sah, wie sie ein paar Sekunden später aus ihrem Zimmer kam.«

Verlor sie nicht etwas von ihrer Schüchternheit? Bei der Aufzählung der Möglichkeiten wurde auf einmal die Studentin in ihr wach, und sie wirkte schon weniger wie ein junges Mädchen. »Man hat auch von unten schießen können«, sagte sie, mit scharfem Blick und gestrafftem Körper. »Der Arzt sagte …«

»Doch der Revolver, mit dem Ihr Schwager erschossen wurde, ist der, den Duclos in der Hand hatte. Der Mörder hätte ihn also von unten durch das Fenster in den ersten Stock werfen müssen …«

»Warum nicht?«

»Eben! Warum nicht!«

Und ohne auf sie zu warten, ging er die Treppe hinunter, die für ihn viel zu eng schien und deren Stufen unter seinem Gewicht knarrten.

Madame Popinga stand im Wohnzimmer immer noch

an der Stelle, wo sie vorher gestanden hatte. Any folgte ihm.

»Kam Cornelius oft her?«

»Beinahe jeden Tag. Er hatte nur dreimal in der Woche Stunden, am Dienstag, Donnerstag und Samstag. Aber er kam auch an den anderen Tagen. Seine Eltern leben in Indien. Vor einem Monat erfuhr er, dass seine Mutter gestorben ist und schon beerdigt war, als er den Brief erhielt. Also …«

»Und Beetje Liewens?«

Eine gewisse Verlegenheit kam auf. Madame Popinga schaute Any an. Any schlug die Augen nieder.

»Sie kam …«

»Oft?«

»Ja …«

»Haben Sie sie eingeladen?«

Seine Fragen wurden schärfer, präziser. Maigret spürte, dass er vielleicht nicht der Wahrheit näher kam, doch wenigstens das Leben im Haus kennenlernte.

»Nein … ja …«

»Sie ist bestimmt ganz anders als Sie und Mademoiselle Any?«

»Sie ist sehr jung, nicht wahr? Ihr Vater war ein Freund von Conrad. Sie brachte uns Äpfel, Himbeeren oder Sahne …«

»War sie nicht in Cor verliebt?«

»Nein!«

»Sie mochten sie nicht sehr?«

»Warum nicht? Sie kam … Sie lachte … Sie redete die ganze Zeit … Wie ein Vogel, verstehen Sie?«

»Kennen Sie Oosting?«

»Ja.«

»Hatte er mit Ihrem Mann zu tun?«

»Im letzten Jahr hat er einen neuen Motor in sein Boot einbauen lassen. Da hat er Conrad um Rat gefragt. Conrad hat ihm die Pläne gezeichnet. Sie sind zusammen auf *zeehond*-Jagd gegangen. Wie sagen Sie? Der Hund, ja, der Seehund, auf den Sandbänken...«

Und plötzlich:

»Sie glauben, dass...? Die Mütze vielleicht?... Das ist unmöglich... Oosting!«

Und sie stöhnte, verlor wieder die Fassung:

»Oosting auch nicht!... Nein! Niemand!... Niemand kann Conrad getötet haben!... Sie haben ihn nicht gekannt... Er... er...«

Sie wandte den Kopf ab, weil sie weinte. Maigret zog es vor zu gehen. Keine gab ihm die Hand, und er begnügte sich mit einer leichten Verbeugung, bei der er sich brummend entschuldigte.

Draußen wunderte er sich über die frische, feuchte Luft, die vom Kanal herkam. Am anderen Ufer, nicht weit entfernt von der Schiffsreparaturwerft, sah er den Baes im Gespräch mit einem Kadetten der Marineschule in Uniform.

Beide standen in der Abenddämmerung. Oosting schien energisch auf den jungen Mann einzureden. Dieser senkte den Kopf, und man sah nur das helle Oval seines Gesichts.

Maigret ahnte, dass dies Cornelius sein musste. Und er war ganz sicher, als er das schwarze Band über dem Ärmel aus blauem Tuch sah.

4

Die Flöße auf dem Amsteldiep

Es war keine Beschattung im eigentlichen Sinn. Jedenfalls hatte Maigret nicht einen Augenblick lang das Gefühl, jemandem nachzuspionieren.

Er trat aus dem Haus der Popingas und ging ein paar Schritte. Da bemerkte er zwei Männer auf der anderen Kanalseite und blieb einfach stehen, um sie zu beobachten. Er versteckte sich nicht. Er stand in seiner ganzen Größe am Kanalufer, mit der Pfeife im Mund und den Händen in den Taschen.

Aber vielleicht war jener Augenblick eben darum so eindrucksvoll, weil er sich nicht versteckte und die anderen ihn trotzdem nicht sahen und ihr erregtes Gespräch nicht abbrachen.

Das Ufer des Kanals, wo die beiden standen, war sonst menschenleer. In der Mitte einer Werft, in der zwei Schiffe auf dem Trockendock lagen, stand ein Schuppen. Am Ufer verrotteten ein paar Boote.

Auf dem Kanal selber schließlich schwammen Baumstämme, so viele, dass vom Wasser beinahe nichts mehr zu sehen war und die Landschaft dadurch etwas Exotisches bekam.

Es war Abend. Trotz des Dämmerlichts war die Luft klar und waren alle Farben genau zu unterscheiden.

Es war so still, dass es einen erstaunte und man beim Quaken eines Froschs in einem entfernten Teich zusammenzuckte.

Der Baes redete. Er redete nicht laut. Aber man spürte, dass er jedes Wort stark betonte, als ob er wollte, dass man ihn verstand oder ihm gehorchte. Mit gesenktem Kopf hörte der junge Mann in seiner Kadettenuniform zu. Er trug weiße Handschuhe, die beiden einzigen hellen Flecken in der Landschaft.

Plötzlich erklang ein ohrenbetäubender Schrei. Auf der Wiese hinter Maigret fing plötzlich ein Esel an zu schreien. Und schon war der Zauber gebrochen. Oosting schaute in die Richtung, wo das Tier stand und den Kopf zum Himmel hob, bemerkte Maigret und ließ ohne sichtbare Bewegung seinen Blick über ihn gleiten.

Er redete noch ein paar Worte mit seinem Begleiter, steckte seine kurze Tonpfeife in den Mund und ging in Richtung Stadt davon.

Das sagte gar nichts, bewies nichts. Auch Maigret schritt jetzt weiter, und beide gingen zusammen, jeder auf seiner Seite des Kanals. Doch Oosting bog auf seinem Weg bald vom Ufer ab. Der Baes verschwand hinter neugebauten Schuppen. Ungefähr eine Minute lang hörte man noch das schwere Klappern seiner Holzschuhe.

Es war dunkel, nur der Mond verbreitete einen kaum wahrnehmbaren Schimmer.

In der Stadt und am Kanal gingen die Straßenlampen an, doch hinter dem Haus der Wienands hörte die Straßenbeleuchtung auf. Auf dem anderen Ufer, wo keiner wohnte, blieb alles dunkel.

Maigret drehte sich um, wusste selbst nicht, warum. Er schimpfte, weil der Esel wieder verzweifelt schrie.

Und in der Ferne, weit hinter den Häusern, sah er zwei kleine weiße Flecken, die über dem Kanal auf und ab tanzten. Die Handschuhe von Cornelius.

Wenn man nicht achtgab und vor allem wenn man vergaß, dass auf dem Wasser lauter Baumstämme trieben, war es ein gespenstischer Anblick. Diese Hände, die sich im Leeren bewegten. Der Körper, der mit dem Dunkel verschmolz. Und auf dem Wasser spiegelte sich die letzte elektrische Straßenlampe.

Oostings Schritte waren nicht mehr zu hören. Maigret kam zu den letzten Häusern, ging an Popingas, dann an Wienands' Haus vorbei.

Er versteckte sich immer noch nicht, aber er wusste, dass auch er im Dunkeln nicht mehr zu sehen war. Er ließ die Handschuhe nicht aus den Augen. Er begriff. Cornelius wollte nicht den Umweg über die Brücke in Delfzijl machen und ging auf den Baumstämmen über das Wasser wie über ein Floß. In der Mitte musste er einen Sprung von zwei Metern machen. Die weißen Hände bewegten sich heftiger, beschrieben einen schnellen Bogen, und man hörte, wie Wasser klatschte.

Ein paar Sekunden später ging er am Ufer entlang, und Maigret folgte ihm in kaum hundert Meter Entfernung.

Beide taten es instinktiv, außerdem ahnte Cornelius sicher nichts von der Anwesenheit des Kommissars. Jedenfalls gingen sie gleich nach den ersten Schritten im Takt, und das Knirschen des Schotters war eins.

Maigret wurde sich dessen bewusst, als er einmal stolperte und für den Bruchteil einer Sekunde der Gleichklang ihrer Schritte unterbrochen wurde.

Er wusste nicht, wohin er ging. Und doch lief auch er schneller, als er merkte, dass der junge Mann seinen Schritt beschleunigte. Besser gesagt: Allmählich ergriff ihn eine Art Schwindel. Zu Anfang waren die Schritte lang, regelmäßig. Sie wurden kürzer. Sie wurden schneller.

Genau in dem Augenblick, als Cornelius an der Holzfabrik vorbeikam, setzte ein wahres Froschkonzert ein, und er hielt abrupt an.

Hatte Cornelius Angst? Er ging wieder weiter, aber nicht mehr so gleichmäßig, manchmal zögernd, dann wieder zwei, drei Schritte so schnell, dass man meinen konnte, er beginne zu rennen.

Nun war es vorbei mit der Ruhe, denn das Froschkonzert hörte nicht mehr auf. Es klang laut durch das Dunkel.

Und der Schritt wurde schneller. Verblüffend, wie Maigret im Gleichschritt mit seinem Begleiter dessen Gemütsverfassung erriet!

Cornelius hatte Angst! Er lief schnell, weil er Angst hatte! Er hatte es eilig, ans Ziel zu kommen. Als er aber an einem dunklen Schatten mit seltsamen Umrissen vorbeiging, einem toten Baum oder einem Busch, hielt er für den Bruchteil einer Sekunde inne.

Der Kanal machte eine Biegung. Hundert Meter weiter, in Richtung des Bauernhofs, lag die kurze, vom Leuchtturm angestrahlte Strecke.

Und bei diesem Licht schien der junge Mann zu zögern. Er schaute nach hinten. Dann durchlief er den Lichtstreifen und drehte sich dabei noch einmal um.

Als dieses Stück Weg hinter ihm lag, schaute er immer wieder zurück, während Maigret ruhig in seiner ganzen Breite und seinem ganzen Ausmaß in den Lichtschein trat.

Der andere musste ihn sehen. Cornelius blieb stehen. Gerade so lange, um Atem zu holen. Er ging weiter.

Das Licht lag hinter ihnen. Vor ihnen ein erleuchtetes Fenster im Bauernhof. Folgte ihnen das Froschkonzert? Sie gingen weiter, und es war immer gleich nah zu hören, schloss sie ein, als ob Hunderte von Tieren sie begleiteten.

Plötzlich blieb er endgültig stehen, etwa hundert Meter vom Haus entfernt. Eine Gestalt hob sich von einem Baumstamm ab. Jemand flüsterte.

Maigret wollte nicht umkehren. Es wäre albern gewesen. Er wollte sich nicht verstecken. Dafür war es außerdem zu spät, denn er war ja schon durch den Lichtstrahl des Leuchtturms gegangen.

Man wusste, dass er da war. Er ging langsam weiter, etwas verwirrt, weil kein anderer Schritt mehr das Echo abgab.

Das Dunkel war undurchdringlich, denn zu beiden Seiten der Straße standen dicht belaubte Bäume. Aber ein weißer Handschuh lag auf etwas…

Eine Umarmung… Cornelius' Hand um die Taille eines jungen Mädchens, Beetje…

Noch höchstens fünfzig Meter. Maigret hielt an, zog Streichhölzer aus der Tasche, zündete eins an, um seine Pfeife anzubrennen und so seine genaue Position anzugeben.

Dann ging er weiter. Die Verliebten bewegten sich. Als

er nur noch zehn Meter weg war, löste sich Beetje von Cornelius, stellte sich mitten auf den Weg und drehte sich zu ihm, als ob sie auf ihn wartete. Und Cornelius blieb an einen Baumstamm gelehnt stehen.

Acht Meter...

Das Fenster des Bauernhofs hinter ihnen war immer noch erleuchtet. Ein klares, rötliches Viereck.

Plötzlich ein leiser, heiserer, unbeschreiblicher Schrei, ein Schrei der Angst, der Erregung, einer von diesen Schreien, denen Schluchzen und Tränen folgen.

Es war Cornelius, der weinte, den Kopf in den Händen hielt und sich schutzsuchend an den Baum presste.

Beetje stand vor Maigret. Sie trug einen Mantel, aber der Kommissar bemerkte, dass sie darunter nur ein Nachthemd anhatte und ihre nackten Füße in Pantoffeln steckten.

»Achten Sie nicht auf ihn.«

Sie war die Ruhe selbst! Sie warf Cornelius sogar einen vorwurfsvollen, ungeduldigen Blick zu.

Er drehte ihnen den Rücken zu. Er versuchte sich zu beruhigen. Es gelang ihm nicht, und er schämte sich, dass er so aufgeregt war.

»Er ist nervös. Er glaubt...«

»Was glaubt er?«

»Dass man ihn anklagen wird.«

Der junge Mann hielt sich weiterhin abseits. Er wischte sich die Augen. Würde er nicht fliehen, so schnell er nur konnte?

»Bisher habe ich noch niemand angeklagt!«, sagte Maigret, um irgendetwas zu sagen.

»Nicht wahr?«

Und sie sagte etwas auf Holländisch zu ihrem Begleiter. Maigret glaubte zu verstehen oder eher zu erraten:

»Siehst du! Der Kommissar klagt dich nicht an! Beruhige dich, es ist kindisch!«

Aber plötzlich verstummte sie. Sie rührte sich nicht, spitzte die Ohren. Maigret hatte nichts gehört. Ein paar Sekunden später glaubte auch er aus der Richtung des Bauernhofs ein Knacken zu vernehmen.

Bei diesem Geräusch kam Cornelius wieder zu sich. Er schaute sich um, angespannt und wach.

Niemand sagte etwas.

»Haben Sie gehört?«, flüsterte Beetje.

Der junge Mann wollte mit dem Mut eines jungen Hahns auf die Stelle zugehen, von der das Geräusch kam. Er atmete schwer.

Es war zu spät. Der Feind war viel näher, als sie angenommen hatten.

In zehn Metern Entfernung richtete sich eine Gestalt auf, die sie sofort erkannten: der Bauer Liewens, mit Pantoffeln an den Füßen.

»Beetje!«, rief er.

Sie wagte nicht gleich zu antworten. Aber als er den Namen wiederholte, hauchte sie ängstlich:

»Ja!«

Liewens kam immer näher. Er ging zuerst an Cornelius vorbei, tat aber so, als ob er ihn nicht sehe. Vielleicht hatte er Maigret noch nicht bemerkt?

Doch dann stellte er sich vor ihm auf, schaute ihn fest an, und seine Nasenflügel bebten vor Zorn. Er nahm sich zusammen. Er blieb regungslos stehen. Als er redete, wandte er sich in eindringlichem, gedämpftem Tonfall an seine Tochter.

Zwei oder drei Sätze. Sie hielt den Kopf gesenkt. Dann wiederholte er mehrmals in gebieterischem Ton das gleiche Wort, und Beetje sagte auf Französisch:

»Ich soll Ihnen sagen...«

Ihr Vater beobachtete sie, als ob er sichergehen wollte, dass sie seine Worte genau übersetzte.

»...dass sich holländische Polizeibeamte nicht nachts draußen auf dem Feld mit jungen Mädchen verabreden...«

Maigret bekam einen roten Kopf, wie es ihm noch kaum je passiert war. Sein Blut hämmerte ihm heiß in den Ohren.

Die Anschuldigung war dermaßen albern! Sie zeugte von einer solchen Böswilligkeit!

Denn schließlich war Cornelius da, stand mit unruhigem Blick und hochgezogenen Schultern geduckt im Dunkeln!

Und der Vater musste doch wissen, dass Beetje seinetwegen hinausgelaufen war! Also? Was sollte er darauf antworten? Vor allem, wo er auf eine Dolmetscherin angewiesen war!

Übrigens erwartete der Bauer nicht einmal eine Antwort! Er schnalzte mit den Fingern, als ob er einen Hund rufen würde, und wies seiner Tochter den Weg. Diese zögerte noch, wandte sich zu Maigret, traute sich nicht, ihren Liebhaber anzusehen, und ging schließlich vor ihrem Vater her.

Cornelius hatte sich nicht gerührt. Er hob zwar die

Hand, vielleicht um den Bauern im Vorbeigehen anzuhalten, aber er ließ sie wieder sinken. Vater und Tochter entfernten sich. Kurz darauf fiel die Tür des Bauernhofs ins Schloss.

Waren die Frösche während dieses Auftritts verstummt? Maigret wusste es nicht, doch jetzt wurde ihr Konzert ohrenbetäubend laut.

»Sprechen Sie Französisch?«

Cornelius antwortete nicht.

»Sprechen Sie Französisch?«

»Ein bisschen...«

Er schaute Maigret hasserfüllt an, machte nur widerstrebend den Mund auf und hielt sich etwas seitwärts, wie um weniger Angriffsfläche zu bieten.

»Warum haben Sie solche Angst?«

Tränen stiegen ihm in die Augen, aber nicht ein einziger Schluchzer war zu hören. Cornelius putzte sich umständlich die Nase. Seine Hände zitterten. Bekam er gleich noch einen Weinkrampf?

»Haben Sie wirklich Angst, man könnte Sie des Mordes an Ihrem Lehrer beschuldigen?«

Und Maigret fügte schroff hinzu:

»Gehen wir!«

Er schob ihn in Richtung Stadt. Er redete langsam, weil er merkte, dass sein Gegenüber die Hälfte von dem, was er sagte, nicht verstand.

»Haben Sie um sich selber Angst?«

Ein Kind! Ein schmales Gesicht mit noch weichen Zügen und blassem Teint. Schmale Schultern in einer eng anliegenden Uniform. Die Kadettenmütze war viel zu groß für ihn, wie bei einem Jungen, der sich als Matrose verkleidet hatte.

Und dieses Misstrauen in seinem Benehmen und seinem Gesichtsausdruck! Wenn Maigret lauter gesprochen hätte, hätte er sicher die Hände erhoben, um die Schläge abzuwehren!

Die schwarze Armbinde jedoch wirkte ernst, jammervoll. Hatte der Junge nicht einen Monat vorher erfahren, dass seine Mutter in Indien gestorben war, vielleicht an einem Abend, als er in Delfzijl fröhlich war, vielleicht am Abend des alljährlichen Schulballs?

Mit dem Dienstgrad eines Dritten Offiziers würde er in zwei Jahren nach Hause zurückkehren, und sein Vater würde ihn zu dem schon alten Grab führen, ihm vielleicht sogar eine andere Frau vorstellen, die er geheiratet hatte.

Und dann würde auf einem großen Dampfer das Leben beginnen: die Wachstunden, die Zwischenstationen in irgendwelchen Häfen, Java–Rotterdam, Rotterdam–Java, zwei Tage hier, fünf oder sechs Stunden dort…

»Wo waren Sie, als Ihr Lehrer getötet wurde?«

Wieder ein entsetzliches, herzzerreißendes Schluchzen. Und mit seinen weißen behandschuhten Händen, die wie im Krampf zitterten, packte der Junge Maigret an den Mantelaufschlägen:

»Es ist nicht wahr! Nicht wahr!«, wiederholte er mindestens zehnmal. »Nein! Sie nicht verstehen! Nicht… Nein! Nicht wahr!«

Sie kamen wieder in das milchige Strahlenbündel des Leuchtturms. Das Licht blendete sie, ließ sie gestochen scharf erscheinen.

»Wo waren Sie?«

»Dort.«

»Dort« war das Haus der Popingas und der Kanal, den er wohl immer auf den Baumstämmen überquerte.

Dies war ein entscheidendes Detail. Popinga war um fünf Minuten vor Mitternacht gestorben, Cornelius um fünf Minuten nach Mitternacht an Bord zurückgekehrt.

Um auf dem normalen Weg durch die Stadt zurückzulaufen, brauchte man eine halbe Stunde. Aber nur sechs oder sieben Minuten, wenn man den Kanal so wie er überquerte und den Umweg vermied!

Maigret ging schwerfällig und langsam neben dem jungen Mann her, der wie Espenlaub zitterte. In dem Augenblick, als der Esel von neuem zu schreien anfing, zuckte Cornelius zusammen und zitterte von Kopf bis Fuß, als ob er am liebsten seine Beine in die Hand nehmen und weglaufen wollte.

»Lieben Sie Beetje?«

Trotziges Schweigen.

»Haben Sie gesehen, wie sie wieder zurückkehrte, nachdem Ihr Lehrer sie nach Hause gebracht hatte?«

»Es ist nicht wahr! Nicht wahr... nicht wahr...«

Maigret war drauf und dran, ihn mit einem ordentlichen Stoß in die Rippen zur Vernunft zu bringen.

Und doch schaute er ihn geduldig, beinahe liebevoll an.

»Sehen Sie Beetje jeden Tag?«

Neuerliches Schweigen.

»Wann müssen Sie wieder auf dem Schulschiff sein?«

»Um zehn Uhr, außer bei Urlaub. Wenn ich zu Monsieur Popinga ging, ich können...«

»Später zurückkommen! Also heute Abend nicht?«

Sie standen am Ufer des Kanals, genau an der Stelle, wo Cornelius übergesetzt hatte. Maigret ging ganz selbstverständlich auf die Baumstämme zu, setzte einen Fuß darauf und wäre beinahe ins Wasser gefallen, weil er es nicht gewohnt war und das Holz unter seiner Sohle wegrollte.

Cornelius zögerte.

»Los! Es ist gleich zehn Uhr!«

Der Junge staunte. Er hatte wohl erwartet, er würde sein Schulschiff nie wiedersehen, verhaftet werden und ins Gefängnis kommen!

Und jetzt brachte ihn der entsetzliche Kommissar zum Schiff zurück, nahm wie er einen Anlauf, um über die zwei Meter in der Mitte des Kanals zu springen. Sie spritzten sich gegenseitig nass. Am anderen Ufer blieb Maigret stehen, um seine Hose abzuputzen.

»Wo sind wir hier?«

Auf dieser Seite war er noch nicht gewesen. Es war ein großes freies Gelände zwischen dem Amsteldiep und dem neuen, breiten und tiefen Kanal, auf dem auch Hochseeschiffe fahren konnten.

Als er sich umdrehte, sah der Kommissar ein erleuchtetes Fenster im ersten Stock bei den Popingas. Hinter dem Vorhang bewegte sich eine Gestalt. Es war Any im Arbeitszimmer von Popinga.

Aber er konnte nicht erraten, womit sich die junge Anwältin beschäftigte.

Cornelius hatte sich etwas beruhigt.

»Ich schwöre…«, begann er.

»Nein!«

Das entwaffnete ihn. Er schaute seinen Begleiter so verblüfft an, dass dieser ihm auf die Schulter klopfte und sagte:

»Man soll nie etwas schwören! Vor allem nicht in Ihrer Lage. Hätten Sie Beetje geheiratet?«

»Ja! … Ja!«

»Wäre ihr Vater einverstanden gewesen?«

Schweigen. Gesenkter Kopf. Cornelius ging weiter, vorbei an den alten, aufs Trockene gezogenen Schiffen, die überall auf dem Gelände herumlagen.

Man sah die weite Fläche des Emskanals. An einer Biegung ragte ein großes schwarzweißes Schiff auf, dessen Luken alle erleuchtet waren. Ein sehr hoher Bug. Ein Mast und seine Rahen.

Es war ein altes Kriegsschiff der holländischen Marine, ein hundert Jahre altes Schiff, das da vor Anker lag und das jetzt, da es nicht mehr seetüchtig war, die Kadetten der Marineschule beherbergte.

Rings herum dunkle Gestalten, brennende Zigaretten. Aus dem Aufenthaltsraum kamen Klavierklänge.

Als plötzlich eine laute Glocke ertönte, drängten sich alle Gestalten vor dem Landesteg auf dem Kai, während in der Ferne auf dem Weg von der Stadt noch vier Nachzügler angerannt kamen.

Es war, als würde nach den großen Ferien die Schule wieder anfangen. Dabei trugen alle diese Leute zwischen sechzehn und zweiundzwanzig Jahren die Uniform der Marineoffiziere, weiße Handschuhe und die steife Mütze mit Goldborten. Ein alter Maat lehnte an der Reling und rauchte seine Pfeife, während er zuschaute, wie sie nacheinander an ihm vorbeiliefen.

Es war ansteckend, jung, fröhlich. Scherze, die Maigret nicht verstehen konnte, flogen hin und her. Beim Überqueren des Stegs wurden die Zigaretten weggeworfen. Und an Bord ging das Jagen und Balgen weiter.

Atemlos kamen die Nachzügler vor dem Steg an. Cornelius sah erschöpft aus, hatte rote Augen und einen fiebrigen Blick und wandte sich zu Maigret.

»Na los! Geh!«, brummte dieser.

Der andere verstand eher die Handbewegung als die Worte, legte die Hand an die Mütze, deutete linkisch einen militärischen Gruß an und wollte etwas sagen.

»Ist schon gut! Verschwinde!«

Denn der Maat war schon drauf und dran hineinzugehen, und ein Kadett bezog seinen Wachposten am Eingang. Durch die Luken konnte man die Jungen sehen, wie sie ihre Hängematten herunterließen, ihre Kleider irgendwohin warfen.

Maigret blieb stehen, bis er Cornelius in den Raum kommen sah, schüchtern und verlegen und mit hängenden Schultern; er sah, wie ihm ein Kopfkissen mitten ins Gesicht flog und er zu einer Hängematte im Hintergrund ging.

Ein anderer, spannenderer Auftritt begann. Maigret war noch keine zehn Schritte in Richtung Stadt gegangen, als er Oosting bemerkte, der wie er die Rückkehr der Kadetten beobachtet hatte.

Beide waren ungefähr gleichaltrig, beide kräftig, korpulent und ruhig.

Machten sie sich beide eigentlich nicht lächerlich, wenn sie hier die Jungens beobachteten, die in ihre Hängematten kletterten und Kissenschlachten veranstalteten?

Sahen sie nicht aus wie dicke Hennen, die ein unternehmungslustiges Küken bewachten?

Sie schauten sich an. Der Baes rührte sich nicht von der Stelle, tippte aber an den Rand seiner Mütze.

Sie wussten von vornherein, dass jede Unterhaltung zwischen ihnen unmöglich war, da sie nicht die gleiche Sprache redeten.

»*Goed avond*«, brummte der Mann aus Workum jedoch.

»Gute Nacht!«, echote Maigret.

Sie gingen den gleichen Weg, einen Weg, der nach ungefähr zweihundert Metern zur Straße wurde und in die Stadt führte. Sie gingen beinahe auf gleicher Höhe. Um einen größeren Abstand voneinander zu bekommen, hätte einer von ihnen langsamer gehen müssen, aber dazu schien keiner gewillt zu sein.

Oosting in Holzschuhen. Maigret im Straßenanzug. Beide rauchten Pfeife; mit dem Unterschied, dass Maigrets Pfeife aus Bruyère-Holz und Oostings Pfeife aus Ton war.

Das dritte Haus, das sie sahen, war ein Café, und Oosting ging hinein, nachdem er seine Holzschuhe abgestreift und nach holländischem Brauch auf der Fußmatte stehengelassen hatte. Maigret überlegte nur eine Sekunde und trat dann ebenfalls ein.

Um einen großen Tisch saßen ungefähr zehn Matrosen und Seeleute, rauchten Pfeife und Zigarren und tranken Bier und Genever.

Oosting drückte einigen die Hand, ließ sich dann schwerfällig auf einen Stuhl fallen und hörte der Unterhaltung zu.

Maigret setzte sich abseits, merkte aber, dass die Aufmerksamkeit eigentlich auf ihn konzentriert war. Der Wirt, der in der Gruppe saß, wartete etwas, bis er kam und ihn fragte, was er trinken wolle.

Der Genever floss aus einem Hahn aus Porzellan und Kupfer. In allen holländischen Cafés roch es nach ihm, deshalb war die Atmosphäre so anders als in französischen Cafés.

Oostings kleine Augen lachten jedes Mal, wenn er den Kommissar ansah. Dieser streckte die Beine aus, zog sie wieder unter den Stuhl, streckte sie wieder aus, stopfte sich eine Pfeife, um sich zu beschäftigen, und der Wirt stand geflissentlich auf, um ihm Feuer zu geben.

»*Moïe veer!*«

Maigret verstand nicht, runzelte die Stirn, ließ es sich wiederholen.

»*Moïe veer, ya! Oost vind.*«

Die andern hörten zu, stießen sich an. Einer zeigte auf das Fenster, auf den Sternenhimmel.

»*Moïe veer!* Schönes Wetter!«

Und er versuchte zu erklären, dass der Wind aus Osten kam und gutes Wetter mitbrächte.

Oosting suchte sich aus einer Kiste Zigarren aus. Er nahm die fünf oder sechs, die ihm hingelegt wurden, in die Hand, entschied sich dann deutlich sichtbar für eine Manila, die so schwarz wie Kohle war, und spuckte das Ende aus, bevor er sie anzündete.

Dann zeigte er seinen Kameraden seine neue Mütze.

»Vier Gulden!«

Vier Gulden! Vierzig Franc! Seine Augen lachten immer noch.

Aber da kam jemand herein, schlug eine Zeitung auf und

redete von den letzten Frachtnotierungen an der Amsterdamer Börse.

Und in der folgenden angeregten Unterhaltung, die sich durch die tiefen Stimmen und die harten Konsonanten fast wie ein Streit anhörte, vergaß man Maigret, der aus seiner Tasche Kleingeld zog und ins Hotel Van Hasselt ging, um sich schlafen zu legen.

5

Die Hypothesen des Jean Duclos

Vom Café Van Hasselt aus, wo Maigret am nächsten Morgen frühstückte, konnte er die Durchsuchung mit ansehen, über die man ihn nicht unterrichtet hatte. Aber er hatte der holländischen Polizei ja auch nur einen kurzen Besuch abgestattet.

Es musste etwa acht Uhr morgens sein. Der Nebel hatte sich noch nicht ganz aufgelöst, doch merkte man, dass es ein sonniger Tag werden würde. Ein finnischer Frachter verließ, von einem Schlepper gezogen, den Hafen.

Vor einem kleinen Café an der Ecke des Kais standen viele Männer, alle in Holzschuhen und Seemannsmützen, und redeten in kleinen Grüppchen miteinander. Das war die Börse der *schippers*, das heißt der Seeleute, deren Schiffe jeglicher Bauart zusammen in einem Hafenbecken lagen und auf denen es von Frauen und Kindern wimmelte.

Weiter weg eine andere Gruppe, eine Handvoll Männer: der Klub der Kairatten.

Jetzt kamen zwei Polizisten in Uniform. Sie gingen an Deck von Oostings Schiff, und dieser kam aus seiner Kajüte, denn wenn er in Delfzijl war, schlief er immer an Bord.

Auch ein Polizeibeamter in Zivil erschien: Monsieur Pijpekamp, der Inspektor, der die Untersuchung leitete. Er zog seinen Hut, redete höflich. Die beiden Polizisten verschwanden im Schiff.

Die Durchsuchung begann. Alle *schippers* wussten das. Und trotzdem gab es nicht den geringsten Auflauf, nicht ein Anzeichen offenkundiger Neugier.

Der Klub der Kairatten zeigte auch keine besondere Reaktion. Ein paar Blicke, mehr nicht.

Das dauerte eine gute halbe Stunde. Die Polizisten kamen heraus, salutierten. Monsieur Pijpekamp schien sich zu entschuldigen.

Doch offenbar hatte der Baes an jenem Morgen keine Lust, an Land zu kommen. Er gesellte sich nicht zu seiner Gruppe, die etwas weiter weg stand, sondern setzte sich auf die Wachbank, schlug die Beine übereinander, schaute auf das offene Meer, wo der finnische Frachter langsam dahinfuhr, und rauchte regungslos seine Pfeife.

Als Maigret sich umdrehte, kam Jean Duclos aus seinem Zimmer herunter, den Arm voll mit Büchern, einer Aktenmappe, Papieren, die er auf dem für ihn reservierten Tisch ablegte. Er fragte, ohne Maigret zu begrüßen:

»Nun?…«

»Nun, ich glaube, ich sage Ihnen guten Morgen…«

Der andere sah ihn mit einem gewissen Erstaunen an, zuckte die Schultern, als ob er sagen wollte, dass man sich darüber nun wirklich nicht zu ärgern brauchte.

»Haben Sie etwas herausgefunden?«

»Und Sie?«

»Sie wissen genau, dass ich das Hotel eigentlich nicht verlassen darf. Ihr holländischer Kollege hat glücklicherweise begriffen, dass meine Kenntnisse für ihn nützlich sein könnten, und ich werde über die Untersuchungsergebnisse auf dem Laufenden gehalten. Das ist eine Angewohnheit, die sich die französische Polizei durchaus zu eigen machen könnte!«

»Was Sie nicht sagen!«

Der Professor stürzte auf Madame Van Hasselt zu, die mit Lockenwicklern hereinkam, grüßte sie, als ob er sich in einem Salon befinden würde, und erkundigte sich offensichtlich nach ihrem Befinden.

Maigret warf einen Blick auf die ausgebreiteten Papiere, sah neue Pläne und Skizzen darunter, nicht nur vom Haus der Popingas, sondern auch Stadtpläne mit gestrichelten Linien, die den Weg einiger Personen andeuten sollten.

Die Sonne kam durch die bunten Glasfenster und erfüllte den Raum mit grünem, rotem und blauem Licht. Ein Bierwagen stand vor der Tür, und während der ganzen folgenden Unterhaltung rollten zwei Riesenkerle unaufhörlich Fässer über den Boden, überwacht von Madame Van Hasselt in Morgentoilette. Noch nie hatte es so stark nach Genever und Bier gerochen. Noch nie auch hatte Maigret so intensiv holländische Atmosphäre gespürt.

»Haben Sie den Täter gefunden?«, fragte er halb im Scherz, halb im Ernst und zeigte auf die Papiere.

Ein scharfer Blick von Duclos. Er antwortete:

»Wahrscheinlich haben die Ausländer doch recht! Der Franzose ist vor allem ein Mensch, der immer ironisch sein muss. Gelegentlich ist Ironie aber fehl am Platz, Monsieur!«

Maigret schaute ihn an und lächelte, war keineswegs aus der Fassung gebracht. Und der andere redete weiter:

»Ich habe den Mörder nicht gefunden, das nicht! Ich habe vielleicht etwas mehr getan. Ich habe das Geschehen analysiert. Ich habe es auseinandergenommen. Ich habe alle Details einzeln betrachtet, und jetzt…«

»Jetzt?«

»Wird sicher ein Mann wie Sie sich meine Schlussfolgerungen zunutze machen und den Fall aufklären.«

Er hatte sich gesetzt. Er war fest entschlossen zu reden, selbst in dieser Atmosphäre, die durch seine eigene Schuld feindselig geworden war. Maigret setzte sich ihm gegenüber und bestellte ein Glas Bols.

»Ich höre!«

»Zunächst weise ich Sie darauf hin, dass ich Sie nicht einmal frage, was Sie getan haben oder denken… Ich fange mit dem an, der zuallererst als Mörder in Frage kommt, das heißt mit mir. Ich hatte, wenn ich so sagen darf, die beste strategische Position, um Popinga zu töten; außerdem hat man mich kurz nach dem Mord mit der Tatwaffe in der Hand gesehen.

Ich bin nicht reich, wiewohl in der ganzen oder beinahe in der ganzen Welt bekannt, allerdings eben nur bei wenigen Intellektuellen. Ich lebe in eher schwierigen, bescheidenen Verhältnissen. Doch wurde nichts gestohlen, und ich konnte mir in keiner Weise einen Nutzen vom Tod des Lehrers erhoffen…

Warten Sie! Das soll nicht heißen, dass man mich nicht anklagen könnte! Man wird es nicht versäumen, mich darauf hinzuweisen, dass ich im Lauf des Abends, als wir über Kriminologie diskutierten, behauptet habe, ein intelligenter Mensch, der kaltblütig ein Verbrechen begehe und seine ganzen Fähigkeiten einsetze, könne es mit einer schlecht ausgebildeten Polizei aufnehmen.

Gewisse Leute werden daraus schließen, ich hätte meine Behauptung anhand eines Beispiels beweisen wollen. Unter uns gesagt, eines kann ich Ihnen versichern: Wenn dem so wäre, hätte die Möglichkeit, mich zu verdächtigen, gar nicht erst bestanden.«

»Auf Ihr Wohl!«, sagte Maigret, der das Kommen und Gehen der stiernackigen Bierträger verfolgte.

»Ich fahre fort. Ich behaupte: Wenn ich das Verbrechen nicht begangen habe, es aber trotzdem von jemandem, der sich im Haus befand, begangen worden ist, worauf alles hinzuweisen scheint, dann ist die ganze Familie schuldig …

Verlieren Sie nicht gleich die Geduld! Schauen Sie diesen Plan an! Und versuchen Sie vor allem die psychologischen Überlegungen zu verstehen, die ich Ihnen darlegen werde.«

Diesmal konnte Maigret ein Lächeln über die verächtliche Herablassung des Professors nicht unterdrücken.

»Sie haben sicher gehört, dass Madame Popinga, geborene Van Elst, der konservativsten reformierten Religionsgemeinschaft angehört. Ihr Vater tritt in Amsterdam als radikaler Konservativer auf. Und ihre Schwester mischt sich mit ihren fünfundzwanzig Jahren schon mit den gleichen Ansichten in die Politik.

Sie sind erst seit gestern hier und kennen viele Sitten und Gebräuche noch nicht. Wissen Sie beispielsweise, dass ein Lehrer der Marineschule sich eine strenge Rüge seines Vorgesetzten einhandeln würde, wenn er in ein Café wie dieses hier hineingehen würde?

Einmal wurde einer einzig und allein deswegen entlassen, weil er sich weigerte, eine als fortschrittlich geltende Zeitung abzubestellen…

Ich kenne Popinga nur von diesem einen Abend. Das hat mir genügt, vor allem nach dem, was ich schon vorher über ihn gehört hatte.

Sie würden sagen: ein netter Kerl! Sogar ein ganz netter Kerl! Ein pausbäckiges Gesicht! Helle, fröhliche Augen!

Nur: Als Seemann war er weit herumgekommen. Und als er zurückkam, hängte er sich den Mantel der Moral um. Aber der Mantel wurde ihm rasch zu eng!

Verstehen Sie? Sie lachen vielleicht? Das Lachen eines Franzosen! Vor zwei Wochen fand eine der regelmäßigen Zusammenkünfte seines Klubs statt. Die Holländer, die nicht ins Café gehen, treffen sich, gewissermaßen als Klub getarnt, in einem für sie reservierten Saal und spielen Billard oder kegeln…

Vor zwei Wochen nun war Popinga abends um elf Uhr betrunken… In der gleichen Woche sammelte der Wohltätigkeitsverein, dessen Vorsitzende seine Frau ist, Geld, um für die Eingeborenen auf den ozeanischen Inseln Kleidung kaufen zu können. Und man hörte, wie Popinga mit rotem Gesicht und glänzenden Augen sagte:

›So etwas Albernes! Wo sie sich nackt so wohl fühlen!… Wir sollten ihnen keine Kleider kaufen, sondern es genau wie sie machen!‹

Sie lachen natürlich! Das Ganze scheint eine Lappalie zu sein! Doch hat sich die Erregung noch nicht gelegt, und wenn Popinga in Delfzijl beerdigt werden sollte, gibt es sicher ein paar Leute, die nicht kommen werden!

Ich habe nur ein Beispiel von hundert, von tausend genommen! Überall platzten die Nähte an Popingas Mäntelchen der Ehrbarkeit, wie ich Ihnen schon sagte!

Versuchen Sie sich nur einmal auszumalen, was es bedeutet, wenn sich hier einer betrinkt! Seine Schüler haben ihn in diesem Zustand gesehen! Vielleicht bewundern sie ihn deswegen!

Jetzt stellen Sie sich die Atmosphäre im Haus am Amsteldiep vor. Erinnern Sie sich an Madame Popinga, an Any.

Schauen Sie zum Fenster hinaus. Zu beiden Seiten sehen Sie bis jenseits der Stadtgrenze. Alles ist ganz klein, und jeder kennt jeden. Ein Skandal ist in einer Stunde herum.

Und die Beziehungen Popingas zu dem sogenannten Baes, der, es muss einmal gesagt werden, eine Art Räuber ist. Sie sind zusammen auf Seehundjagd gegangen. Der Lehrer trank Genever an Bord von Oostings Boot.

Ich verlange nicht von Ihnen, dass Sie sofort Ihre Schlüsse ziehen. Ich wiederhole nur, und denken Sie an diesen Satz: *Wenn das Verbrechen von jemand begangen wurde, der sich im Haus aufgehalten hat, dann ist das ganze Haus schuldig…*

Bleibt noch diese kleine Närrin Beetje, die Popinga immer nach Hause brachte… Wollen Sie noch etwas ganz Typisches hören? Diese Beetje ist die Einzige hier, die jeden Tag in einem enganliegenden Trikot anstatt in einem Badeanzug mit angeschnittenem Röckchen schwimmen geht, und dazu noch in einem roten! Ich werde Sie in Ihren Untersuchungen nicht stören. Es lag mir nur daran, Sie auf ein paar Dinge hinzuweisen, die die Polizei gewöhnlich übersieht…

Was Cornelius Barens angeht, so gehört er für mich mit zur Familie, zur Partei der Frauen.

Man kann es so betrachten: auf der einen Seite Madame Popinga, ihre Schwester Any und Cornelius, auf der anderen Seite Beetje, Oosting und Popinga.

Wenn Sie verstanden haben, was ich Ihnen erzählt habe, kommen Sie vielleicht zu einem Ergebnis.«

»Eine Frage!«, sagte Maigret ernst.

»Bitte!«

»Sind Sie auch protestantisch?«

»Ich gehöre zwar der reformierten Kirche an, aber einer anderen Richtung.«

»Auf welcher Seite stehen Sie?«

»Ich mochte Popinga nicht.«

»Das heißt?«

»Ich verurteile das Verbrechen, egal, wer es getan hat!«

»Hat er nicht Jazzmusik gespielt und getanzt, als Sie sich mit den Damen unterhielten?«

»Noch etwas Typisches, das ich vergessen habe Ihnen zu sagen...«

Als Maigret aufstand, war er ernst, ja beinahe feierlich, und er fragte:

»Kurz, wen sollte ich Ihrer Meinung nach festnehmen lassen?«

Professor Duclos zuckte zusammen.

»Ich habe nicht von Festnahme gesprochen. Ich habe Ihnen ein paar allgemeine Tipps gegeben, auf rein gedanklicher Ebene, wenn ich so sagen darf.«

»Gewiss. Aber wenn Sie an meiner Stelle wären?«

»Ich bin nicht von der Polizei. Ich suche die Wahrheit um der Wahrheit willen, und die Tatsache, dass ich selber verdächtigt werde, kann mein Urteil nicht beeinflussen.«

»So dass also niemand verhaftet werden soll?«

»Das habe ich nicht gesagt. Ich …«

»Ich danke Ihnen!«, sagte Maigret abschließend und streckte die Hand aus.

Und er schlug mit einem Geldstück an sein Glas, um die Wirtin zu rufen. Duclos schaute ihn schief an.

»Das gehört sich hier nicht!«, murmelte er. »Zumindest wenn Sie für einen Gentleman gehalten werden wollen …«

Die Klappe, durch die die Bierfässer in den Keller gelassen worden waren, wurde geschlossen. Der Kommissar bezahlte, warf einen letzten Blick auf die Pläne.

»Also entweder Sie oder die ganze Familie.«

»Das habe ich nicht gesagt. Hören Sie …«

Aber er war schon an der Tür. Sobald er Duclos den Rücken gekehrt hatte, entspannte sich sein Gesicht, und er musste zwar nicht gerade lauthals lachen, aber doch beglückt vor sich hinlächeln.

Draußen schien die Sonne, es war warm und ruhig. Der Eisenwarenhändler stand unter der Tür. Der kleine Jude, der Schiffszubehör verkaufte, zählte seine Anker und kennzeichnete sie mit einem roten Strich.

Der Kran lud immer noch Kohle ab. Ein paar *schippers* hissten ihre Segel, nicht um auszulaufen, sondern um sie zu trocknen. In dem Gewimmel der Masten wirkten sie wie große, sanft flatternde, weiße oder braune Vorhänge.

Oosting saß im Heck seines Kutters und rauchte seine kurze Tonpfeife. Ein paar Kairatten unterhielten sich gelassen.

Wenn man sich zur Stadt umwandte, sah man die schön verputzten Bürgerhäuser mit ihren blitzblanken Fensterscheiben, ihren tadellos sauberen Vorhängen, den üppigen Pflanzen hinter jedem Fenster. Dahinter ein undurchdringliches Dunkel.

Bekam dies unter dem Eindruck der Unterhaltung mit Jean Duclos nicht eine andere Bedeutung?

Auf der einen Seite dieser Hafen, diese Männer in Holzschuhen, die Schiffe, die Segelboote, der Geruch von Teer und Salzwasser.

Auf der anderen Seite diese verschlossenen Häuser mit den polierten Möbeln, den düsteren Tapeten, wo zwei Wochen lang über einen Lehrer der Marineschule geredet wurde, weil er ein oder zwei Gläser über den Durst getrunken hatte!

Beiden gemeinsam derselbe Himmel, traumhaft klar! Aber welche Kluft zwischen diesen zwei Welten!

Maigret versuchte sich Popinga vorzustellen, den er nie gesehen hatte, auch nicht als Toten, der aber ein lustiges rosiges Gesicht hatte, das seine starken Begierden verriet.

Er stellte sich ihn zwischen diesen beiden Fronten vor, stellte sich vor, wie er Oostings Schiff betrachtete oder den Fünfmaster, dessen Besatzung alle südamerikanischen Häfen kannte, oder die holländischen Schiffe, denen in China Dschunken mit Frauen so zierlich und hübsch wie Nippfiguren entgegenkamen...

Man hatte ihm nur noch ein lackiertes, mit blitzendem Messing verziertes Boot gelassen, mit dem er sich auf dem ruhigen Wasser des Amsteldieps zwischen nordischen und tropischen Baumstämmen hindurchwinden musste.

Maigret war es, als ob der Baes ihn anders ansähe als sonst, als ob er auf ihn zugehen und mit ihm reden wollte.

Aber es war unmöglich! Sie konnten keine zwei Worte miteinander wechseln!

Oosting wusste es, blieb unbeweglich sitzen und rauchte seine Pfeife etwas schneller, während seine Lider sich wegen der Sonne halb schlossen.

Cornelius Barens saß in diesem Augenblick auf der Schulbank und hörte eine Stunde in Trigonometrie oder Astronomie. Er war sicher immer noch ganz blass.

Der Kommissar wollte sich gerade auf einen bronzenen Ankerpoller setzen, als er Inspektor Pijpekamp bemerkte, der auf ihn zukam und ihm die Hand schütteln wollte.

»Haben Sie heute Morgen an Bord etwas gefunden?«

»Noch nicht. Es war nur eine Formalität.«

»Haben Sie Oosting in Verdacht?«

»Da ist die Mütze…«

»Und die Zigarre!«

»Der Baes raucht nur Brasil, und das war eine Manila.«

»So dass…?«

Pijpekamp zog ihn ein wenig weiter, um nicht im Blickfeld des Herrn von Workum stehen zu müssen.

»Der Bordkompass hat zu einem Schiff aus Helsingfors gehört… Die Rettungsringe kommen von einem englischen Kohleschiff… Und so weiter.«

»Diebstahl?«

»Nein! Das wird immer so gemacht! Wenn ein Frachter in einen Hafen einläuft, gibt es immer jemanden, einen Maschinisten, den Dritten Offizier, einen Matrosen, manchmal auch den Kapitän, der etwas zu verkaufen hat. Verstehen Sie?…

Man sagt seiner Reederei, die Rettungsringe seien von einer riesigen Welle weggespült worden. Der Kompass habe nicht mehr funktioniert. Oder die Positionslichter! Alles! Manchmal sogar ein Rettungsboot!«

»So dass dadurch nichts bewiesen ist!«

»Nichts! Der Jude, dessen Laden Sie gesehen haben, lebt nur von solchen Geschäften.«

»Also, Ihre Untersuchung…«

Der Inspektor drehte ärgerlich den Kopf zur Seite.

»Ich habe Ihnen gesagt, dass Beetje Liewens nicht gleich nach Hause gegangen ist. Sie hat rechtsumgekehrt gemacht… Ist das richtig so? Sagt man das?«

»Aber ja! Reden Sie weiter!«

»Vielleicht hat sie nicht geschossen.«

»Ach!«

Der Inspektor fühlte sich ganz entschieden nicht sehr wohl in seiner Haut. Er wollte leiser sprechen und zog Maigret an eine abgelegene Stelle am Kai, wo er dann fortfuhr:

»Da ist noch der Holzhaufen… Wissen Sie… Der *timmerman*… Sie sagen der Zimmermann, ja… Der Zimmermann behauptet, an diesem Abend Beetje und Monsieur Popinga schon vorher gesehen zu haben! Ja! Alle beide.«

»Hinter dem Holzhaufen, oder?«

»Ja. Und ich glaube…«

»Sie glauben?«

»Es könnten zwei andere Personen in der Nähe gewesen sein… Der junge Mann aus der Schule, Cornelius Barens! Er wollte Beetje heiraten. Man hat ein Foto des Mädchens in seinem Koffer gefunden.«

»Wirklich?«

»Dann Monsieur Liewens, Beetjes Vater. Er ist sehr einflussreich. Rinderzucht für den Export. Er exportiert sogar nach Australien. Er ist Witwer und hat nur das eine Kind.«

»Wäre es möglich, dass er Popinga ermordet hat?«

Der Inspektor benahm sich so gezwungen, dass Maigret beinahe Mitleid mit ihm hatte. Man merkte, wie peinlich es ihm war, einen einflussreichen Mann zu verdächtigen, der Rinder züchtete, die bis nach Australien exportiert wurden.

»Wenn er gesehen hat, nicht wahr…«

Maigret hatte kein Erbarmen.

»Wenn er was gesehen hat?«

»Hinter dem Holzhaufen… Beetje und der Lehrer…«

»Ach so! Ja.«

»Es ist ganz vertraulich…«

»Natürlich! Aber Barens?«

»Vielleicht hat er es auch gesehen. Er war vielleicht eifersüchtig. Doch war er fünf Minuten nach dem Mord auf dem Schiff… Das verstehe ich nicht.«

»Kurz«, sagte der Kommissar mit demselben Ernst, mit dem er bei Jean Duclos geredet hatte, »Sie verdächtigen Beetjes Vater und Cornelius, der in sie verliebt ist.«

Verlegenes Schweigen.

»Dann verdächtigen Sie Oosting, dessen Mütze in der Badewanne gefunden wurde.«

Pijpekamp machte eine mutlose Handbewegung.

»Dann natürlich den Mann, der im Esszimmer eine Manila zurückgelassen hat… Wie viel Zigarrenläden gibt es in Delfzijl?«

»Fünfzehn.«

»Das erleichtert die Sache nicht gerade. Schließlich verdächtigen Sie Duclos ...«

»Wegen des Revolvers in seiner Hand. Ich kann ihn nicht abreisen lassen, verstehen Sie?«

»Und ob ich verstehe!«

Sie gingen ungefähr fünfzig Meter schweigend weiter.

»Was meinen Sie?«, murmelte schließlich der Groninger Polizeibeamte.

»Das ist die Frage! Und da liegt genau der Unterschied zwischen uns beiden! Sie, Sie meinen etwas! Sie meinen eine Menge Dinge! Während ich noch gar nichts meine.«

Und plötzlich fragte er:

»Kannte Beetje Liewens den Baes?«

»Ich weiß nicht. Ich glaube nicht.«

»Kannte Cornelius ihn?«

Pijpekamp fuhr sich mit der Hand über die Stirn.

»Vielleicht. Vielleicht auch nicht. Eher nicht. Ich kann es aber herausbekommen.«

»Tun Sie das! Versuchen Sie herauszubekommen, ob sie vor der Tat irgendwelche Kontakte hatten.«

»Sie meinen ...?«

»Ich meine überhaupt nichts! Noch eine Frage: Gibt es auf der Insel Workum Rundfunk?«

»Das weiß ich nicht.«

»Stellen Sie das fest.«

Man hätte nicht sagen können, wie es dazu gekommen war, aber es existierte jetzt eine Art Hierarchie zwischen Maigret und seinem Begleiter. Dieser betrachtete ihn ungefähr so, wie er einen Vorgesetzten betrachtet hätte.

»Untersuchen Sie diese beiden Punkte! Ich muss noch einen Besuch machen.«

Pijpekamp war zu höflich, um zu fragen, bei wem, aber sein Blick verriet, dass er es sehr gern gewusst hätte.

»Bei Mademoiselle Beetje!«, sagte Maigret. »Welches ist der kürzeste Weg?«

»Entlang dem Amsteldiep.«

Man konnte sehen, wie das Lotsenschiff von Delfzijl, ein schönes Schiff von fünfhundert Tonnen, eine Kurve auf der Ems beschrieb, bevor es in den Hafen einlief. Und wie der Baes langsam, mit schweren Schritten und kaum verborgener Unruhe auf Deck seines Schiffes hin und her ging, hundert Meter von den Kairatten entfernt, die von der Sonne schläfrig waren.

6

Die Briefe

Es war Zufall, dass Maigret nicht am Amsteldiep entlangging, sondern den Weg über die Felder einschlug.

Der Bauernhof lag in der späten Vormittagssonne, und Maigret erinnerte sich an seine ersten Schritte auf holländischem Boden, an das junge Mädchen mit den glänzenden Stiefeln in dem modernen Stall, an das gutbürgerliche Wohnzimmer und die Teekanne unter dem Teewärmer.

Es herrschte dieselbe Stille. Ganz in der Ferne, fast am Ende des unendlich weiten Horizonts, schwebte ein großes rötliches Segel über die Wiesen und sah aus wie ein Geisterschiff, das über einen Rasenozean fuhr.

Wie beim ersten Mal bellte der Hund. Es verstrichen gut fünf Minuten, bis die Tür aufging, aber nur ein paar Zentimeter, gerade genug, dass Maigret das rote Gesicht und die karierte Schürze des Dienstmädchens erkennen konnte.

Sie war drauf und dran, die Tür wieder zu schließen, bevor er überhaupt den Mund aufgemacht hatte.

»Mademoiselle Liewens?«, sagte er.

Der Garten lag zwischen ihnen. Die Alte blieb auf der Schwelle stehen, und der Kommissar stand hinter dem Zaun. Zwischen ihnen der Hund, der den Eindringling zähnefletschend beobachtete.

Das Dienstmädchen schüttelte den Kopf.

»Ist sie nicht da? *Niet hier?*«

Maigret hatte ein paar Brocken Holländisch aufgeschnappt.

Wieder Kopfschütteln.

»Und Monsieur? *Mijnheer?*«

Ein letztes Kopfschütteln, und die Tür schloss sich wieder. Aber da der Kommissar sich nicht gleich davonmachte, ging die Tür wieder auf, diesmal nur ein paar Millimeter, und Maigret vermutete, dass die Alte ihn beobachtete.

Er zögerte, weil er gesehen hatte, wie sich am Fenster des Zimmers, das dem jungen Mädchen gehörte, ein Vorhang bewegte. Dann hatte er ein Gesicht verschwinden sehen. Es war schlecht zu erkennen gewesen. Aber Maigret hatte deutlich die leichte Bewegung einer Hand wahrgenommen, die vielleicht einfach grüßte, vielleicht aber auch sagen wollte:

»Ich bin hier. Bestehen Sie nicht weiter darauf, mich zu sehen! Vorsicht!«

Auf der einen Seite die Alte hinter der Tür. Auf der anderen Seite diese geisterhafte Hand. Und der Hund, der bellend am Zaun hochsprang. Ringsumher die Kühe, die in ihrer Reglosigkeit künstlich wirkten.

Maigret riskierte ein ganz kleines Experiment. Er ging zwei Schritte nach vorn, als ob er eintreten wollte. Er musste lächeln, weil nicht nur hastig die Tür geschlossen wurde, sondern auch der Hund mit eingezogenem Schwanz zurückwich.

Diesmal ging der Kommissar endgültig weiter und nahm den Weg dem Amsteldiep entlang. Aus diesem Empfang ergab sich nur, dass Beetje eingeschlossen worden war und der Bauer Anweisung gegeben hatte, den Franzosen nicht hereinzulassen.

Maigret rauchte in kleinen Zügen bedächtig seine Pfeife. Er schaute einen Augenblick auf die Holzstapel, an denen das junge Mädchen und Popinga stehengeblieben waren – und bestimmt nicht nur dieses eine Mal mit einer Hand das Rad hielten und sich mit dem freien Arm umfassten.

Und es war immer noch alles ruhig. Von einer heiteren, fast zu vollkommenen Ruhe. Einer Ruhe, bei der ein Franzose glauben konnte, dass dieses ganze Leben hier so unwirklich wie auf einer Postkarte war.

Als Maigret sich plötzlich umdrehte, sah er ein Schiff mit hohen Steven, das er nicht hatte kommen hören. Er erkannte das Segel wieder, das breiter als der Kanal war. Es war das gleiche, das er vorher am Horizont gesehen hatte und das schon hier war, obwohl es unmöglich schien, dass es die lange Strecke schon zurückgelegt hatte.

An der Reling stand eine Frau und gab einem Baby die Brust, während sie mit der Hüfte das Steuerruder bewegte. Und auf dem Bugspriet saß rittlings ein Mann, ließ seine Beine über dem Wasser baumeln und reparierte ein Tau.

Das Schiff fuhr an Wienands', dann an Popingas Haus vorbei, und sein Segel war höher als die Dächer. Für einen Augenblick überzog es die ganze Fassade mit einem großen, beweglichen Schatten.

Wieder einmal war Maigret stehengeblieben. Er zögerte. Das Dienstmädchen der Popingas fegte gebückt die Eingangsstufen. Die Tür stand offen.

Sie fuhr zusammen, als er plötzlich hinter ihr stand. Ihre Hand mit dem Putzlappen zitterte.

»Madame Popinga?«, sagte er und deutete ins Hausinnere.

Sie wollte vor ihm hineingehen. Aber der Scheuerlappen, aus dem das Schmutzwasser tropfte, hinderte sie daran. Er ging zuerst in den Flur. Im Wohnzimmer hörte er eine Männerstimme, und er klopfte.

Plötzlich war alles still. Total still. Mehr noch als still: ein Abwarten, in dem jedes Leben stillstand.

Schließlich zwei Schritte. Eine Hand drehte von innen den Türknopf. Die Tür ging auf. Maigret sah zuerst Any, die ihm gerade geöffnet hatte und ihn unfreundlich anstarrte. Dann erkannte er die Gestalt eines Mannes nahe am Tisch, mit blassroten Gamaschen und einem groben Tuchanzug.

Bauer Liewens!

Hinter ihnen Madame Popinga, die sich mit dem Ellbogen am Kamin aufstützte und das Gesicht in der Hand verbarg. Offensichtlich hatte die Ankunft des Eindringlings eine wichtige Unterhaltung unterbrochen, einen dramatischen Auftritt, vielleicht auch einen Streit.

Auf dem Tisch mit der gestickten Überdecke lagen wirr durcheinander Briefe, so, als ob sie mit einer heftigen Bewegung hingeworfen worden wären.

Das Gesicht des Bauern zeigte äußerste Erregung, er hatte sich aber auch am schnellsten wieder in der Gewalt.

»Ich störe wohl…«, begann Maigret.

Niemand antwortete. Niemand machte den Mund auf. Doch verließ Madame Popinga nach einem tränenverschwommenen Blick das Zimmer und rannte beinahe in die Küche.

»Glauben Sie, es tut mir leid, wenn ich Ihre Unterhaltung unterbreche…«

Endlich sagte Liewens etwas auf Holländisch. Er sprach zu dem jungen Mädchen ein paar schneidende Sätze, und der Kommissar fragte:

»Was hat er gesagt?«

»Dass er wiederkommt! Dass die französische Polizei…« Sie stockte und versuchte weiterzureden.

»…von einer bodenlosen Unverschämtheit ist, nicht wahr?«, sagte stattdessen der Polizeibeamte. »Wir hatten schon Gelegenheit, einander zu begegnen, Monsieur und ich.«

Der andere versuchte an Maigrets Ton und Gesichtsausdruck zu erraten, was Maigret sagte.

Und der Kommissar warf einen Blick auf die Briefe, von denen einer mit »Conrad« unterschrieben war.

Die Peinlichkeit der Situation war nicht mehr zu überbieten. Der Bauer nahm seine Mütze von einem Stuhl, konnte sich aber nicht entschließen zu gehen.

»Hat er Ihnen die Briefe gebracht, die Ihr Schwager seiner Tochter geschrieben hat?«

»Woher wissen Sie das?«

Zum Teufel! Die Szene ließ sich aus der gespannten, drückenden Atmosphäre nur zu leicht rekonstruieren! Liewens, der kam und den Atem anhielt, um seine Wut zu beherrschen. Liewens, der in das Wohnzimmer geführt und von zwei verschreckten Frauen begrüßt wurde und der plötzlich redete und die Briefe auf den Tisch warf!

Madame Popinga, die, außer sich, ihr Gesicht in den Händen verbarg; vielleicht weigerte sie sich, diesen Beweisstücken zu glauben, oder war so erschüttert, dass sie nichts sagen konnte.

Und Any, die versuchte, dem Mann die Stirn zu bieten, indem sie redete...

In diesem Augenblick hatte er an die Tür geklopft, waren alle in Schweigen erstarrt und hatte Any geöffnet.

Maigret täuschte sich indessen bei diesen Überlegungen im Charakter einer Person. Denn Madame Popinga, die er niedergeschlagen von der Enthüllung, gebrochen und wehrlos in der Küche vermutete, kam wenig später wieder herein mit einer Ruhe, wie man sie nur in der äußersten Erregung besitzt.

Und langsam legte auch sie Briefe auf den Tisch. Sie warf sie nicht hin, sie legte sie hin. Sie sah den Bauern an, dann den Kommissar. Ein paarmal machte sie den Mund auf, bevor sie ein Wort herausbekam; dann sagte sie:

»Man soll darüber urteilen... Jemand soll das lesen...«

Im selben Augenblick wurde Liewens rot. Er war zu sehr Holländer, als dass er sich gleich auf die Briefe gestürzt hätte, aber sie zogen ihn magnetisch an.

Die Schrift einer Frau... Bläuliches Papier... Offensichtlich Briefe von Beetje. Etwas fiel sofort auf: das Missverhältnis zwischen beiden Stapeln. Es waren vielleicht zehn Briefe von Popinga mit nur je einem Bogen, auf dem meistens vier oder fünf Zeilen standen.

Dagegen dreißig lange, ausführliche Briefe von Beetje!

Conrad war tot. Es blieben diese beiden ungleichen Stöße und die Holzhaufen, Komplizen der Rendezvous am Amsteldiep.

»Beruhigen Sie sich!«, sagte Maigret. »Und vielleicht sollten Sie diese Briefe lieber in aller Ruhe lesen.«

Der Bauer schaute ihn mit scharfem Blick an und hatte wohl verstanden, denn er ging unwillkürlich einen Schritt auf den Tisch zu. Maigret stützte sich mit beiden Armen auf. Er griff wahllos einen Brief von Popinga heraus.

»Hätten Sie die Liebenswürdigkeit, ihn zu übersetzen, Mademoiselle Any?«

Aber das junge Mädchen schien ihn nicht gehört zu haben. Sie schaute auf das Geschriebene und sagte kein Wort. Ihre Schwester nahm ihr den Brief aus der Hand, ernst und gefasst.

»Das ist in der Schule geschrieben worden«, sagte sie. »Ohne Datum. Oben steht ›sechs Uhr‹.« Dann:

Meine kleine Beetje,

es ist besser, wenn Du heute Abend nicht kommst, denn der Direktor kommt auf eine Tasse Tee zu uns.

Bis morgen. Kuss.

Sie schaute in stiller Herausforderung um sich. Sie nahm einen anderen Brief. Sie las langsam:

Kleine, hübsche Beetje,

beruhige Dich. Und denk daran, das Leben ist noch lang. Ich habe viel Arbeit mit den Prüfungen in der dritten. Ich kann heute Abend nicht kommen.

Warum sagst Du immer wieder, ich würde Dich nicht lieben? Ich kann doch die Schule nicht aufgeben. Was sollten wir dann anfangen?

Bleib ganz ruhig. Wir haben viel Zeit. Ich umarme Dich zärtlich.

Und obwohl Maigret dies für ausreichend zu halten schien, nahm Madame Popinga noch einen Brief.

»Diesen hier noch, vielleicht ist es der letzte.«

Meine Beetje,

es ist unmöglich! Ich flehe Dich an, sei vernünftig. Du weißt genau, dass ich kein Geld habe und es lange dauert, bis man im Ausland eine Stellung gefunden hat!

Du musst vernünftiger sein und Dich nicht so aufregen. Und hab vor allem Vertrauen!

Fürchte nichts! Wenn das eintreten würde, was Du befürchtest, würde ich dazu stehen!

Ich bin nervös, weil ich im Augenblick viel Arbeit habe und weil ich nicht gut arbeiten kann, wenn ich an Dich denke. Der Direktor hat mir gegenüber gestern eine Andeutung gemacht. Ich war sehr traurig. Ich will versuchen, morgen Abend unter dem Vorwand wegzukommen, dass ich ein norwegisches Schiff im Hafen ansehen will.

Ich nehme Dich in die Arme, kleine Beetje.

Madame Popinga schaute sie alle der Reihe nach an, müde, mit Tränen in den Augen. Ihre Hand glitt zu dem anderen Stoß, den sie heruntergebracht hatte, und der Bauer zuckte zusammen. Sie griff einen Brief heraus.

Lieber Conrad, den ich liebe,

eine gute Nachricht: Papa hat zu meinem Geburtstag noch einmal tausend Gulden auf mein Bankkonto eingezahlt. Das reicht, um nach Amerika zu gehen, ich habe in der Zeitung die Schiffstarife nachgesehen. Und wir können doch dritter Klasse fahren!

Aber warum hast du es nicht eiliger? Ich sterbe. Holland erstickt mich. Ich habe das Gefühl, die Leute in Delfzijl schauen mich geringschätzig an.

Und doch bin ich so glücklich und so stolz, einem Mann wie Dir zu gehören!

Wir müssen unbedingt vor den Ferien weg, denn Papa will, dass ich einen Monat in der Schweiz verbringe, und ich will nicht. Dann könnten wir erst wieder im Winter unseren großen Plan verwirklichen.

Ich habe Englischbücher gekauft. Ich kann schon viele Sätze.

Schnell! Schnell! Dann haben wir das schönste Leben! Nicht wahr? Wir können nicht mehr hierbleiben. Vor allem jetzt! Ich glaube, Madame Popinga zeigt mir die kalte Schulter. Und ich habe immer Angst vor Cornelius, der mir den Hof macht und den ich nicht loswerden kann. Er ist ein lieber, guterzogener Junge, aber so dumm!

Ganz abgesehen davon, dass er kein Mann ist, Conrad, ein Mann wie Du, der in der Welt herumgekommen ist und alles weiß…

Erinnerst du Dich, dass ich Dir vor einem Jahr auflauerte und Du mich nicht einmal ansahst?

Und jetzt bekomme ich vielleicht sogar ein Kind von Dir… Jedenfalls könnte ich es!

Aber warum bist Du so zurückhaltend? Liebst Du mich nicht mehr?

Der Brief war noch nicht zu Ende, aber Madame Popinga versagte die Stimme, und sie schwieg. Einen Augenblick wühlten ihre Hände in dem Haufen Briefe. Sie suchte etwas.

Sie las noch einen Satz aus der Mitte eines Briefes:

... und ich glaube allmählich, dass Du Deine Frau mehr liebst als mich; ich werde allmählich eifersüchtig auf sie, hasse sie. Wenn es nicht so ist, warum weigerst Du Dich dann, mit mir wegzugehen? ...

Der Bauer konnte die Briefe nicht verstehen, aber er hörte so angespannt zu, dass man hätte schwören können, er errate den Inhalt. Madame Popinga schluckte, nahm einen letzten Brief, las mit noch leiserer Stimme:

... In der Stadt habe ich gehört, dass Cornelius mehr in Madame Popinga als in mich verliebt sei und dass die beiden sich sehr gut verstünden... Wenn das wahr wäre! Dann könnten wir beruhigt sein, und Du bräuchtest keine Gewissensbisse mehr zu haben...

Das Papier glitt ihr aus den Händen, fiel langsam auf den Teppich vor Anys Füße, die es starr anblickte.

Und wieder herrschte Schweigen. Madame Popinga weinte nicht. Aber durch die Art, wie sie ihren Schmerz zu verbergen suchte und unter unglaublicher Anstrengung ihre

Würde bewahrte, wirkte sie tragisch, und auch durch ihre unerschütterliche Liebe.

Sie stand da, um Conrad zu verteidigen! Sie wartete auf einen Angriff. Sie war bereit zu kämpfen, wenn es sein musste.

»Wann haben Sie diese Briefe gefunden?«, fragte Maigret verlegen.

»Am Tag nach…«

Ihre Stimme erstickte. Sie öffnete den Mund und rang nach Luft. Ihre Lider schwollen an.

»… nach Conrads…«

»Ja!«

Er hatte verstanden. Er schaute sie teilnahmsvoll an. Sie war nicht hübsch, doch hatte sie ein regelmäßiges Gesicht, ganz ohne jene Unebenheiten, die Any so hässlich machten.

Sie war groß und kräftig, aber nicht korpulent. Dichtes schönes Haar umrahmte ihr etwas rosiges, typisch holländisches Gesicht.

Aber hätte er es nicht lieber gehabt, wenn sie hässlich gewesen wäre? Diese gleichmäßigen Züge, dieser vernünftige, ruhige Gesichtsausdruck verbreitete etwas wie eine große Langeweile. Selbst ihr Lächeln musste vernünftig und gemessen, ihre Freude vernünftig und zurückhaltend sein!

Und mit sechs Jahren war sie sicher schon ein vernünftiges Mädchen, mit sechzehn sicher genauso wie heute gewesen!

Eine von diesen Frauen, die die geborenen Tanten, Schwestern, Krankenschwestern sind oder Witwen, die Wohltätigkeitsvereinen vorsitzen.

Conrad war nicht da, aber Maigret hatte ihn noch nie so lebendig vor sich wie in diesem Augenblick, sein gutmütiges Gesicht, seine Genusssucht oder vielmehr seinen Lebenshunger, seine Schüchternheit, seine Angst, jemand vor den Kopf zu stoßen; er sah ihn vor diesem Radio, an dessen Knöpfen er stundenlang drehen konnte, um Jazz aus Paris, Zigeunermusik aus Budapest, eine Operette aus Wien oder sogar die fernen Funkrufe der Schiffe aufzufangen.

Any ging zu ihrer Schwester, wie man zu jemandem geht, der Schmerzen hat und gleich ohnmächtig wird. Aber Madame Popinga ging auf Maigret zu, zumindest machte sie zwei Schritte.

»Ich hatte nie gedacht…«, hauchte sie. »Niemals! Ich lebte… Ich… Und als er tot war, ich…«

An ihrer Atmung erriet er, dass sie herzkrank sein musste, und kurz darauf bestätigte sich die Vermutung, denn sie blieb einen Augenblick lang unbeweglich stehen und hielt eine Hand auf die Brust.

Im Zimmer bewegte sich jemand; es war der Bauer, der hart und erregt dreinblickte, auf den Tisch zuging und mit der Nervosität eines Diebes, der fürchtet, dabei ertappt zu werden, nach den Briefen seiner Tochter griff.

Madame Popinga ließ es geschehen. Maigret ebenfalls.

Doch wagte Liewens nicht zu gehen. Er sagte etwas, redete aber mit niemand im Besonderen. Das Wort *franzose* klang an Maigrets Ohr, und ihm schien, dass er Holländisch verstand, so wie Liewens an diesem Tag sicher Französisch verstanden hatte.

Er reimte sich den Satz zusammen:

»War es nötig, dem Franzosen diese Dinge vorzulesen?«

Er ließ seine Mütze auf den Boden fallen, hob sie wieder auf, verbeugte sich vor Any, die ihm im Weg stand, aber nur vor ihr, brummte noch ein paar unverständliche Worte und ging. Das Dienstmädchen hatte inzwischen wohl den Hauseingang fertiggeputzt, denn man hörte, wie die Haustür auf und zu ging, dann Schritte, die sich entfernten.

Trotz der Anwesenheit von Any fragte Maigret weiter, doch so vorsichtig, wie man es bei ihm nicht für möglich gehalten hätte:

»Haben Sie diese Briefe Ihrer Schwester gezeigt?«

»Nein! Aber als dieser Mann…«

»Wo lagen sie?«

»In der Nachttischschublade. Ich habe nie hineingeschaut. Dort lag auch der Revolver.«

Any sagte etwas auf Holländisch, und Madame Popinga übersetzte mechanisch:

»Meine Schwester sagt, ich sollte schlafen gehen. Weil ich schon drei Nächte lang nicht geschlafen habe… Er wäre nicht fortgegangen… Er muss wohl einmal unvorsichtig gewesen sein… Er lachte und spielte so gerne… Mir sind wieder Einzelheiten eingefallen: Beetje, die immer Obst und selbstgebackenen Kuchen mitbrachte. Ich glaubte, das sei meinetwegen. Dann kam sie auch, um zu fragen, ob wir Tennis mitspielten. Immer dann, wenn sie wusste, dass ich keine Zeit hatte! Aber ich wollte die Gefahr nicht sehen. Ich freute mich, wenn Conrad sich etwas entspannen konnte, denn er hatte viel Arbeit, und Delfzijl war ihm zu langweilig. Letztes Jahr wäre sie beinahe mit uns nach Paris gefahren … Und ich bestand auch noch darauf!«

Sie sagte das ganz normal, mit einer Erschöpfung, in der kaum noch Groll mitschwang.

»Er wollte nicht weggehen, Sie haben es gehört. Aber er hatte Angst, jemandem weh zu tun. So war er. Er wurde getadelt, weil er zu gute Noten im Examen gab. Deswegen mochte mein Vater ihn nicht.«

Sie stellte eine Nippfigur wieder an ihren richtigen Platz, und dieser hausfrauliche Handgriff wollte so gar nicht zur Stimmung im Zimmer passen.

»Wenn nur alles schon vorbei wäre! Denn man will ihn nicht einmal beerdigen. Verstehen Sie? Ich weiß nicht mehr ein noch aus! Man soll ihn mir wieder herausgeben! Gott wird den Schuldigen schon bestrafen.«

Sie wurde lebhaft. Sie redete mit fester Stimme weiter:

»Ja, das glaube ich! Solche Dinge, nicht wahr, die sind eine Sache zwischen Gott und dem Mörder. Was können wir schon wissen?«

Sie schauderte, als fiele ihr plötzlich etwas ein. Sie zeigte auf die Tür, sagte ganz schnell:

»Vielleicht tötet er sie! Er wäre dazu imstande! Das wäre schrecklich …«

Any sah sie mit einer gewissen Ungeduld an. Sie hielt diese Worte gewiss alle für sinnlos, denn sie sagte ganz ruhig:

»Was denken Sie jetzt, Herr Kommissar?«

»Nichts!«

Sie fragte nicht weiter, aber ihr Gesicht zeigte, dass die Antwort sie nicht befriedigte.

»Ich denke nichts, weil da vor allem die Mütze Oostings ist!«, sagte er. »Sie haben die Thesen von Duclos gehört. Sie haben die Bücher von Grosz gelesen, von denen er Ihnen erzählt hat. Ein Grundsatz: sich nicht durch psychologische Erwägungen von der Wahrheit abbringen lassen, bis zum Schluss den Indizien nachgehen...«

Es war unmöglich herauszufinden, ob er scherzte oder es ernst meinte.

»Wir haben nun aber eine Mütze und einen Zigarrenstummel! Jemand hat sie hierhergebracht oder in das Haus geworfen.«

Madame Popinga seufzte vor sich hin:

»Ich kann nicht glauben, dass Oosting...«

Und plötzlich hob sie den Kopf und sagte:

»Da fällt mir etwas ein, das ich vergessen hatte...«

Aber sie schwieg wieder, als ob sie fürchtete, zu viel gesagt zu haben, als ob sie vor den Konsequenzen ihrer Worte erschräke.

»Reden Sie!«

»Nein... Es ist nicht so wichtig.«

»Ich bitte Sie!«

»Wenn Conrad Seehunde jagte auf den Sandbänken von Workum...«

»Ja... Und?«

»War Beetje dabei, denn sie jagt auch. Hier in Holland haben die jungen Mädchen viel Freiheiten.«

»Übernachteten Sie unterwegs?«

»Immer ein- oder zweimal.«

Sie nahm ihren Kopf in beide Hände und seufzte, wobei sie eine äußerst ungeduldige Handbewegung machte:

»Nein! Ich will nicht mehr dran denken! Es ist zu schrecklich! … Zu schrecklich! …«

Diesmal fing sie an zu schluchzen, zuerst leise, dann immer heftiger, bis Any die Hände auf die Schultern ihrer Schwester legte und sie sanft nach nebenan schob.

7

Ein Mittagessen im Hotel Van Hasselt

Als Maigret ins Hotel kam, merkte er, dass etwas Ungewöhnliches im Gang war. Am Tag zuvor hatte er am Tisch neben Jean Duclos zu Abend gegessen.

Jetzt lagen drei Gedecke auf dem runden Tisch in der Mitte des Saales. Das Tischtuch, an dem man noch die Falten vom Zusammenlegen sah, war blütenweiß. Schließlich gab es drei Gläser für jeden Gast, was in Holland nur bei Festessen üblich ist.

Schon an der Tür wurde der Kommissar von Inspektor Pijpekamp begrüßt, der mit ausgestreckter Hand auf ihn zuging und lachte wie jemand, dem eine Überraschung gelungen ist.

Er hatte seinen besten Anzug an! Er trug einen acht Zentimeter hohen steifen Kragen! Ein Jackett! Er war frisch rasiert und musste direkt vom Friseur kommen, denn er roch noch nach Veilchenwasser.

Jean Duclos stand im Vergleich dazu etwas farblos hinter ihm und schaute gelangweilt drein.

»Sie werden mich entschuldigen, werter Kollege. Ich hätte es Ihnen heute früh sagen sollen. Ich wollte Sie zu mir nach Hause einladen, aber ich wohne in Groningen und bin Junggeselle. Doch habe ich mir erlaubt, Sie hier zum Mittagessen einzuladen… Oh, nur ein bescheidenes Mahl.«

Bei den letzten Worten schaute er auf die Tafel und wartete sichtlich auf Maigrets Protest.

Der kam aber nicht.

»Ich habe mir gedacht, da der Professor ein Landsmann von Ihnen ist, wäre es für Sie nett…«

»Sehr gut, sehr gut«, sagte der Kommissar. »Erlauben Sie, dass ich mir die Hände wasche?«

Er tat es langsam und mürrisch in dem kleinen Waschraum nebenan. Die Küche war in der Nähe, und er hörte geschäftiges Klappern von Tellern und Töpfen.

Als er in den Saal zurückkam, goss Pijpekamp persönlich Portwein in die Gläser und murmelte mit entzücktem, bescheidenem Lächeln:

»Wie in Frankreich, nicht wahr? Prosit! Auf Ihr Wohl, mein lieber Kollege!«

Er war rührend aufmerksam. Er bemühte sich um eine gewählte Sprache, wollte sich von Kopf bis Fuß als ein Mann von Welt erweisen.

»Ich hätte Sie schon gestern einladen sollen. Aber diese Geschichte hat mich so – wie sagen Sie? – erschüttert… Haben Sie etwas herausgefunden?«

»Nichts!«

In den Augen des Holländers blitzte es, und Maigret dachte:

›Aha, mein Bürschchen, du hast einen Trumpf in der Tasche und wirst ihn mir als Nachtisch servieren, falls du bis dahin nicht die Geduld verlierst…‹

Er täuschte sich nicht. Zuerst wurde Tomatensuppe gereicht, dazu ein Saint-Emilion, der für den Export so gepanscht worden war, dass einem übel werden konnte.

»Auf Ihr Wohl!«

Guter Pijpekamp! Er tat sein Möglichstes und sogar mehr als das. Und Maigret schien es gar nicht zu bemerken! Er würdigte es einfach nicht!

»In Holland trinkt man nie etwas zum Essen. Erst danach. Auf den großen Abendgesellschaften wird zur Zigarre ein Gläschen Wein serviert. Man stellt auch kein Brot auf den Tisch.«

Und er schielte zu dem Brotkorb, den er bestellt hatte. Und anstelle des Nationalgetränks Genever hatte er sogar Portwein gewählt!

Konnte man es besser machen? Sein Gesicht war dabei ganz rosig geworden. Er schaute gerührt auf die Weinflasche. Jean Duclos aß und war mit seinen Gedanken woanders.

Und Pijpekamp hätte so gern ein bisschen Leben und Fröhlichkeit hineingebracht, eine ausgelassene Atmosphäre geschaffen für dieses Mittagessen, dieses wahre Festessen *à la française*!

Man brachte den *huchpot*, das Nationalgericht. Fleisch schwamm in Litern von Soße, und Pijpekamp setzte eine geheimnisvolle Miene auf, als er sagte:

»Sie müssen mir sagen, ob es Ihnen schmeckt.«

Leider war Maigret nicht in Stimmung. Er witterte ein kleines Geheimnis in seiner Umgebung, das er sich noch nicht recht erklären konnte.

Ihm schien, dass es zwischen Jean Duclos und dem Polizeibeamten eine Art Verschwörung gab. Jedes Mal, wenn dieser Maigrets Glas nachfüllte, schaute er kurz zum Professor hinüber.

Neben dem Ofen wurde Burgunder chambriert.

»Ich dachte, Sie trinken viel mehr Wein…«

»Das kommt darauf an…«

Duclos war offensichtlich nicht ganz wohl zumute. Er vermied es, sich an der Unterhaltung zu beteiligen. Er trank Mineralwasser unter dem Vorwand, er müsse Diät halten.

Pijpekamp hielt es nicht mehr länger aus. Er hatte von der Schönheit des Hafens, von der Bedeutung der Schifffahrt auf der Ems und von der Universität Groningen gesprochen, wo die berühmtesten Wissenschaftler Vorträge hielten.

»Wissen Sie, dass ich Neuigkeiten habe?«

»Tatsächlich?«

»Auf Ihr Wohl! Auf das Wohl der französischen Polizei! Ja, das Rätsel ist jetzt in etwa gelöst…«

Maigret schaute ihn mit seinen graugrünen Augen an, ohne die geringste Spur von Spannung oder Neugier zu zeigen.

»Heute Morgen gegen zehn Uhr wurde mir gesagt, jemand warte auf mich in meinem Büro… Raten Sie, wer?«

»Barens! Reden Sie weiter!«

Pijpekamp war darüber noch enttäuschter als über den geringen Eindruck, den der so luxuriös gedeckte Tisch auf seinen Gast gemacht hatte.

»Woher wissen Sie das? Man hat es Ihnen erzählt, nicht wahr?«

»Überhaupt nicht! Was wollte er?«

»Sie kennen ihn. Er ist sehr schüchtern, sehr… auf Französisch… ja, verschlossen. Er traute sich kaum, mich anzusehen. Man hätte meinen können, er beginne gleich zu weinen. Er gestand, dass er in der Mordnacht nicht sofort an Bord gegangen sei, nachdem er von Popingas weggegangen war …«

Und der Inspektor zwinkerte gleich ein paarmal.

»Verstehen Sie? Er liebt Beetje … Und er war eifersüchtig, weil Beetje mit Popinga getanzt hatte. Und er war böse, weil sie Cognac getrunken hatte. Er sah sie beide weggehen. Er ging ihnen von weitem nach und hat dann bis dicht zu seinem Lehrer aufgeschlossen …«

Maigret blieb unbarmherzig, obwohl er wusste, dass Pijpekamp alles für ein Zeichen des Erstaunens, der Bewunderung, des Mitbangens gegeben hätte.

»Auf Ihr Wohl, Herr Kommissar! Barens hat es nicht gleich gesagt, weil er Angst hatte, aber es ist die Wahrheit! Er hat gleich nach dem Schuss einen Mann gesehen, der zum Holzhaufen rannte, wo er sich dann versteckt hat.«

»Er hat ihn Ihnen genau beschrieben, nicht wahr?«

»Ja.«

Der Inspektor wusste nicht, woran er war. Es war aussichtslos, seinen Kollegen verblüffen zu wollen. Seine Geschichte war verpufft.

»Ein Matrose. Sicher ein ausländischer Matrose. Sehr groß, sehr schlank und ganz kahlgeschoren …«

»Und es gibt natürlich auch ein Schiff, das am nächsten Tag ausgelaufen ist …«

»Seitdem sind drei ausgelaufen … Der Fall ist klar! Wir brauchen nicht in Delfzijl zu suchen. Ein Ausländer hat ihn getötet. Sicher ein Matrose, der Popinga von früher kannte, als er noch zur See fuhr. Ein Matrose, den er vielleicht bestrafen ließ, als er Offizier oder Kapitän war …«

Jean Duclos zeigte Maigret beharrlich nur sein Profil. Pijpekamp gab Madame Van Hasselt, die herausgeputzt an der Kasse saß, ein Zeichen, damit sie eine neue Flasche brachte.

Es galt noch ein Meisterwerk zu essen, einen mit drei Sorten Krem garnierten Kuchen, auf dem obendrein noch der Name Delfzijl in Schokolade stand.

Und der Inspektor senkte bescheiden die Augen.

»Wenn Sie ihn bitte anschneiden wollen…«

»Haben Sie Cornelius wieder laufenlassen?«

Der Inspektor fuhr hoch, sah Maigret an, als ob er sich überlegte, ob dieser verrückt geworden sei.

»Aber…«

»Wenn es Ihnen nichts ausmacht, vernehmen wir ihn gleich zusammen.«

»Nichts einfacher als das! Ich rufe sofort die Schule an.«

»Wenn Sie schon dabei sind, lassen Sie auch Oosting kommen, den wir gleich anschließend befragen werden.«

»Wegen der Mütze? Jetzt klärt sich alles auf, nicht wahr? Ein Matrose hat im Vorbeigehen die Mütze auf dem Deck liegen sehen, hat sie aufgehoben und…«

»Natürlich!«

Pijpekamp war zum Weinen zumute. Maigrets beinahe unmerkliche, unerträgliche Ironie verwirrte ihn so, dass er sich am Türrahmen stieß, als er in die Telefonzelle ging.

Der Kommissar blieb einen Augenblick allein mit Jean Duclos, der nicht von seinem Teller aufblickte.

»Sie haben ihm nicht zufällig gesagt, er solle mir ein paar Gulden zustecken?«

Er sagte dies ganz ruhig und ohne jede Bitterkeit; Duclos hob den Kopf, machte den Mund auf und wollte sich dagegen verwahren.

»Pst! Wir haben keine Zeit mit Diskussionen zu verlieren. Sie haben ihm geraten, mich zu einem opulenten Essen mit viel Wein einzuladen. Sie haben ihm gesagt, dass man so in Frankreich die Beamten herumkriegt… Ruhe, sag ich!… Und dass man mich danach um den Finger wickeln könne.«

»Ich schwöre Ihnen, dass…«

Maigret zündete seine Pfeife an, wandte sich zu Pijpekamp, der vom Telefon zurückkam und mit einem Blick auf den Tisch stammelte:

»Ich darf Sie doch noch zu einem Gläschen Cognac einladen… Sie haben hier ganz alten.«

»Erlauben Sie, dass ich Sie dazu einlade! Wenn Sie nur Madame sagen, dass sie eine Flasche Cognac und Probiergläser bringen soll.«

Aber Madame Van Hasselt brachte kleine Gläser. Der Kommissar stand auf, holte selber andere aus einem Regal und füllte sie bis an den Rand.

»Auf das Wohl der holländischen Polizei!«, sagte er.

Pijpekamp wagte nicht zu widersprechen. Der Cognac war so stark, dass ihm Tränen in die Augen traten. Aber der Kommissar hob lächelnd und unbarmherzig immer wieder sein Glas und wiederholte:

»Auf das Wohl Ihrer Polizei!… Wann ist Barens in Ihrem Büro?«

»In einer halben Stunde! … Eine Zigarre?«

»Danke! Ich rauche lieber meine Pfeife.«

Und wieder füllte Maigret die Gläser nach, ohne zu fragen, und weder Pijpekamp noch Duclos wagten abzulehnen.

»Das ist ein schöner Tag«, sagte er zwei- oder dreimal. »Vielleicht täusche ich mich. Aber ich habe das Gefühl, dass heute Abend der Mörder dieses armen Popinga verhaftet wird.«

»Falls er nicht auf der Ostsee herumfährt!«, antwortete Pijpekamp.

»Bah! Glauben Sie, dass er so weit weg ist?«

Duclos hob sein blasses Gesicht.

»Ist das eine Verdächtigung, Kommissar?«, fragte er schneidend.

»Was für eine Verdächtigung?«

»Sie scheinen zu behaupten, dass er, wenn er nicht weit weg ist, vielleicht ganz in der Nähe ist...«

»Was Sie sich nicht alles vorstellen, Professor!«

Fast wäre es zu einem Streit gekommen. Das lag bestimmt an den großen Gläsern Schnaps. Pijpekamps Gesicht war ganz rot. Seine Augen glänzten.

Bei Duclos dagegen wirkte sich die Trunkenheit in einer krankhaften Blässe aus.

»Ein letztes Glas, meine Herren, und dann werden wir uns das arme Bürschchen vornehmen!«

Die Flasche stand auf dem Tisch. Jedes Mal, wenn Maigret nachgoss, befeuchtete Madame Van Hasselt mit der Zunge die Bleistiftspitze und machte einen Strich in ihrem Buch.

Als sie hinausgingen, empfing sie drückende Hitze und Stille. Oostings Schiff lag an seinem Platz. Pijpekamp hatte das Bedürfnis, sich aufrechter als sonst zu halten.

Sie brauchten nur dreihundert Meter zu gehen. Die Straßen waren menschenleer. Ein Laden lag neben dem anderen; sie hatten geschlossen, waren aber sauber und einladend wie auf einer Weltausstellung, deren Pforten jeden Augenblick geöffnet werden.

»Es wird beinahe unmöglich sein, den Matrosen ausfindig zu machen«, sagte Pijpekamp. »Trotzdem ist es gut, dass wir wissen, dass er es war, und niemand anderen mehr verdächtigen. Ich werde einen Bericht schreiben, damit Monsieur Duclos, Ihr Landsmann, sich wieder frei bewegen kann.«

Mit unsicherem Gang betrat er die Büros der Ortspolizei, stieß im Vorbeigehen an ein Möbelstück und setzte sich dann etwas ungestüm hin.

Er war eigentlich nicht betrunken. Aber er hatte durch den Alkohol etwas von dieser liebenswürdigen Höflichkeit verloren, die für die meisten Holländer typisch ist.

Lässig drückte er einen Klingelknopf und lehnte sich ganz in seinem Stuhl zurück. Auf Holländisch wandte er sich an einen Polizisten in Uniform, der verschwand und gleich darauf in Begleitung von Cornelius wieder erschien.

Obgleich ihn der Polizeibeamte mit betonter Herzlichkeit begrüßte, schien der junge Mann den Boden unter den Füßen zu verlieren, als er ins Büro kam, weil er Maigret gesehen hatte.

»Der Kommissar will noch ein paar Kleinigkeiten von Ihnen wissen!«, sagte Pijpekamp auf Französisch.

Maigret nahm sich Zeit. Er ging im Büro auf und ab und zog in kleinen Zügen an seiner Pfeife.

»Sagen Sie mal, mein lieber Barens! Was hat Ihnen der Baes gestern Abend erzählt?«

Wie ein völlig verängstigter Vogel blickte Barens um sich.

»Ich … ich glaube …«

»Gut! Ich werde Ihnen nachhelfen. Sie haben noch einen Vater, nicht wahr? Dort unten in Indien. Er wäre sicher sehr traurig, wenn Ihnen etwas zustoßen würde … Unannehmlichkeiten … Was weiß ich? Nun kostet Sie eine Falschaussage in einem Fall wie diesem ein paar Monate Gefängnis.«

Cornelius blieb die Luft weg; er wagte nicht, sich zu bewegen oder auch nur jemanden anzusehen.

»Geben Sie zu, dass Oosting, der Sie gestern auf der Böschung des Amsteldiep erwartete, Ihnen gesagt hat, Sie sollten der Polizei das erzählen, was Sie erzählt haben! Geben Sie zu, dass Sie nie einen großen schlanken Mann um das Haus der Popingas herumstreichen sahen!«

»Ich …«

Nein! Er konnte nicht mehr, er fing an zu schluchzen. Er gab auf.

Und Maigret schaute zuerst Jean Duclos, dann Pijpekamp mit diesem undurchdringlichen Blick an, dessentwegen ihn manche Leute für einen Dummkopf hielten. Denn dieser Blick war so starr, dass er wie leer wirkte.

»Sie glauben …?«, begann der Inspektor.

»Sehen Sie selbst.«

Der junge Mann, der in der Offiziersuniform noch schmaler wirkte, putzte sich die Nase, biss die Zähne zusammen, um sein Schluchzen zu unterdrücken, und stammelte endlich:

»Ich habe nichts getan.«

Solange Barens sich zu beruhigen versuchte, schauten ihn alle an.

»Das ist alles«, entschied schließlich Maigret. »Ich habe nicht gesagt, dass Sie etwas getan haben. Oosting hat von Ihnen verlangt zu behaupten, Sie hätten einen Unbekannten in der Nähe des Hauses gesehen. Er hat Ihnen sicher gesagt, dass dies die einzige Möglichkeit sei, gewisse Personen zu decken… Wen?«

»Ich schwöre bei meiner Mutter, dass er keine Namen genannt hat. Ich weiß es nicht… Ich möchte am liebsten sterben!«

»Ja, ja! Mit achtzehn will man immer sterben! Haben Sie keine Fragen mehr, Monsieur Pijpekamp?«

Der Inspektor zuckte verständnislos die Achseln.

»Also, mein Lieber, Sie können gehen.«

»Wissen Sie, es ist nicht Beetje…«

»Das kann gut sein!… Es ist Zeit, dass Sie wieder zu Ihren Kameraden in die Schule gehen.«

Und er schob Cornelius hinaus und murmelte:

»Der Nächste! Ist Oosting schon da? Schade, dass er kein Französisch versteht!«

Die Türglocke ging. Dann brachte der Polizist den Baes herein, der in der Hand seine neue Mütze und seine Pfeife hielt, die er hatte ausgehen lassen.

Er warf Maigret nur einen einzigen Blick zu. Seltsamerweise einen vorwurfsvollen Blick. Er stellte sich vor den Schreibtisch des Inspektors und begrüßte ihn.

»Würden Sie ihn bitte fragen, wo er war, als Popinga getötet wurde?«

Der Polizeibeamte übersetzte. Oosting fing eine lange

Rede an, von der Maigret nichts verstand, was ihn indessen nicht hinderte, ihn zu unterbrechen:

»Nein! Er soll aufhören! Eine kurze Antwort!«

Pijpekamp übersetzte wieder. Wiederum ein vorwurfsvoller Blick. Dann eine Antwort, die wieder sofort übersetzt wurde.

»Er war auf seinem Schiff!«

»Sagen Sie ihm, dass das nicht stimmt!«

Maigret ging immer noch auf und ab und hatte die Hände auf dem Rücken verschränkt.

»Was antwortet er darauf?«

»Dass er es schwören könne.«

»Gut! In diesem Fall soll er Ihnen sagen, wer seine Mütze gestohlen hat.«

Pijpekamp war von unbedingter Folgsamkeit. Maigret wirkte aber auch mächtig beeindruckend! »Nun?«

»Er war in seiner Kajüte. Er machte Abrechnungen. Er hat durch die Luke Beine auf Deck gesehen. Er erkannte eine Matrosenhose auf Deck.«

»Und ist er dem Mann gefolgt?«

Oosting zögerte, schloss halb die Augen, schnalzte mit den Fingern und wurde gesprächiger.

»Was sagt er?«

»Dass er lieber die Wahrheit sagt! Dass er genau weiß, dass er es tun muss, um seine Unschuld zu beweisen... Als er auf Deck kam, verschwand der Seemann. Er ist ihm von fern gefolgt. So gelangte er entlang dem Amsteldiep bis in die Nähe des Hauses von Popinga. Dort hat sich der Seemann versteckt. Neugierig geworden, hat Oosting gewartet und sich auch versteckt.«

»Hat er zwei Stunden später den Schuss gehört?«

»Ja, aber er konnte den Mann, der flüchtete, nicht einholen.«

»Hat er gesehen, dass dieser Mann ins Haus ging?«

»Zumindest in den Garten. Er vermutet, dass er über die Dachrinne in den ersten Stock hinaufgeklettert ist.«

Maigret lächelte. Das unbestimmte, beglückte Lächeln von jemand, der sich sehr behaglich fühlt.

»Würde er den Mann wiedererkennen?«

Übersetzung. Schulterzucken des Baes.

»Er weiß es nicht.«

»Hat er gesehen, wie Barens dem Lehrer und Beetje nachspionierte?«

»Ja.«

»Und da er Angst hatte, beschuldigt zu werden, andererseits aber die Polizei auf eine gute Spur setzen wollte, hat er Cornelius beauftragt, an seiner Stelle zu reden.«

»Das behauptet er. Ich muss es nicht glauben, oder? Er ist eindeutig schuldig.«

Jean Duclos wurde allmählich ungeduldig. Oosting war ruhig, ein Mann, der von nun an auf alles gefasst war. Er sagte etwas, das der Polizeibeamte übersetzte.

»Er sagt, man kann jetzt mit ihm machen, was man will, aber Popinga sei sein Freund und auch sein Wohltäter gewesen.«

»Was werden Sie tun?«

»Ihn zur Verfügung der Justiz halten. Er gesteht, dass er dort war …«

Wegen des Cognacs war Pijpekamps Stimme lauter als sonst, seine Bewegungen fahriger, und auch in seinen Maßnahmen war die Wirkung des Alkohols zu spüren. Er wollte bestimmt auftreten. Er stand einem ausländischen Kollegen gegenüber, und es lag ihm daran, seinen und auch Hollands Ruf zu wahren.

Er setzte eine bedeutungsvolle Miene auf, drückte wiederum auf den Klingelknopf.

Dem Polizisten, der eilig hereinkam, trug er auf, während er kurz mit seinem Brieföffner auf den Schreibtisch klopfte:

»Verhaften Sie diesen Mann. Man soll ihn abführen! Ich werde mich später um ihn kümmern!«

Dies hatte er auf Holländisch gesagt, aber schon am Tonfall waren seine Worte zu verstehen.

Dann stand er auf und erklärte:

»Ich werde diesen Fall restlos aufklären. Ich werde die Rolle, die Sie dabei gespielt haben, besonders hervorheben. Ihr Landsmann ist selbstverständlich auf freiem Fuß.«

Er konnte nicht ahnen, dass Maigret, als er ihn mit glänzenden Augen gestikulieren sah, bei sich dachte:

›Mein Armer, du wirst es noch bereuen, was du da gemacht hast, wenn du dich wieder beruhigt hast.‹

Pijpekamp öffnete die Tür. Der Kommissar wollte aber noch nicht gehen.

»Ich wollte Sie um einen letzten Gefallen bitten«, sagte er mit ungewöhnlicher Höflichkeit.

»Ich höre, mein lieber Kollege.«

»Es ist noch nicht vier Uhr. Heute Abend könnten wir den Fall mit allen, die mehr oder weniger daran beteiligt waren, rekonstruieren. Würden Sie die Namen notieren? Madame Popinga, Any, Monsieur Duclos, Barens, die Wienands, Beetje, Oosting... und schließlich Monsieur Liewens, Beetjes Vaters.«

»Sie wollen...«

»Die Ereignisse noch einmal aufrollen – von dem Augenblick an, als im Saal des Van Hasselt der Vortrag zu Ende war.«

Schweigen. Pijpekamp überlegte.

»Ich werde mit Groningen telefonieren«, sagte er endlich, »und meine Vorgesetzten fragen.«

Er fügte hinzu, war aber von seinem Scherz nicht ganz überzeugt und beobachtete sein Gegenüber:

»Jemand wird fehlen: Conrad Popinga wird verhindert sein...«

»Ich werde diese Rolle übernehmen«, sagte Maigret.

Und er ging in Begleitung von Jean Duclos hinaus, nicht ohne vorher noch gesagt zu haben:

»Und schönen Dank für Ihr ausgezeichnetes Mittagessen!«

8

Maigret und die jungen Mädchen

Der Kommissar ging vom Polizeibüro nicht auf dem kürzesten Weg durch die Stadt zum Hotel Van Hasselt, sondern machte den Umweg über die Kais; er war immer noch in Begleitung von Jean Duclos, dessen Gang, Kopfhaltung und Gesichtsausdruck schlechte Laune verrieten.

»Wissen Sie auch, dass Sie sich unbeliebt machen werden?«, murmelte er endlich, während er unverwandt auf den Kran schaute, dessen Greifer beinahe ihre Köpfe gestreift hätte.

»Weil?«

Duclos zuckte die Achseln, ging ein paar Schritte schweigend weiter.

»Sie verstehen es ja doch nicht! Oder Sie wollen nicht verstehen! Sie sind wie alle Franzosen…«

»Mir schien es, wir hätten die gleiche Nationalität…«

»Nur bin ich in der Welt herumgekommen. Ich besitze Allgemeinbildung. Ich kann mich dem Land, in dem ich lebe, anpassen. Sie dagegen schauen, seit Sie hier sind, weder nach rechts noch nach links und scheren sich keinen Deut um die kleinen, alltäglichen Dinge.«

»Und ich schere mich beispielsweise auch nicht darum zu erfahren, ob man den Schuldigen überhaupt finden will!«

Duclos wurde lebhaft.

»Und warum nicht? Es handelt sich nicht um Raubmord. Also ist der Täter kein professioneller Mörder oder Dieb. Er ist nicht unbedingt ein Mensch, den man zum Schutz der Gesellschaft einsperren muss…«

»Und in dem Fall…?«

Maigret wirkte vergnügt, wie er seine Pfeife rauchte und die Hände auf dem Rücken verschränkt hielt.

»Sehen Sie…«, murmelte Duclos und zeigte auf die Umgebung, die saubere Stadt, in der alles so ordentlich war wie im Küchenschrank einer tüchtigen Hausfrau, auf den Hafen, der viel zu klein war, um eine rauhe Atmosphäre aufkommen zu lassen, auf die heiteren Leute in ihren gelben Holzschuhen.

Dann fuhr er fort:

»Jeder arbeitet. Jeder ist einigermaßen glücklich. Und vor allem nimmt sich jeder zusammen, weil es so sein muss. Anders geht es nicht, wenn man in einer Gemeinschaft leben will. Pijpekamp kann Ihnen bestätigen, dass Diebstähle äußerst selten vorkommen. Allerdings muss einer, der auch nur ein Zweipfundbrot gestohlen hat, hier gleich für ein paar Wochen ins Gefängnis… Wo sehen Sie Unordnung? Keine Landstreicher! Keine Bettler! Es ist die organisierte Sauberkeit.«

»Und ich komme und zerschlage Porzellan!«

»Einen Augenblick! Die Häuser dort links am Amsteldiep sind die Wohnungen der besseren Leute, der Reichen, jener, die Macht haben. Jeder kennt sie, den Bürgermeister, die Pastoren, die Lehrer, die Beamten, alle, die über das Wohl der Stadt wachen und aufpassen, dass jeder dort bleibt, wo er hingehört, und dem Nachbarn nicht in die Quere kommt. Ich glaube, ich habe es Ihnen schon gesagt, aber diese Leute gestehen sich nicht einmal zu, ein Café zu betreten, denn damit würden sie ein schlechtes Beispiel geben. Nun ist ein Verbrechen geschehen … Sie vermuten ein Familiendrama …«

Maigret hörte zu und schaute dabei auf die Schiffe, deren Deck höher als der Kai lag und die wie bunte Mauern aufragten, denn es war Flut.

»Ich kenne Pijpekamps Meinung nicht; er ist ein Inspektor, den man sehr schätzt. Ich weiß nur, dass es für alle besser wäre, wenn heute Abend gesagt würde, der Mörder des Lehrers sei ein ausländischer Matrose und die Untersuchungen würden weitergeführt. Für alle und jeden! Für Madame Popinga! Für ihre Familie! Für ihren Vater unter anderem, der ein allgemein bekannter Gelehrter ist! Für Beetje und für Monsieur Liewens! Und zwar vor allem um des Beispiels willen! Für die Kleinbürger in der Stadt, die beobachten, was sich in den großen Häusern am Amsteldiep tut, und die es ebenso machen wollen. Sie, Sie wollen die Wahrheit um der Wahrheit willen herausfinden, wegen des Glorienscheins, einen schwierigen Fall aufgeklärt zu haben.«

»Das ist es wohl, was Pijpekamp Ihnen heute früh gesagt hat? Bei der gleichen Gelegenheit hat er gefragt, wie man meinen Feuereifer zügeln könnte. Und Sie haben ihm gesagt, dass man in Frankreich Leute wie mich mit einem guten Essen, ja sogar mit Geld besticht.«

»So genau haben wir darüber nicht gesprochen.«

»Wissen Sie, woran ich denke, Monsieur Jean Duclos?«

Maigret war stehengeblieben, um die Aussicht auf den Hafen besser genießen zu können. Ein ganz kleines, in einen Laden umgebautes Boot fuhr von Schiff zu Schiff, legte mit knatterndem und qualmendem Motor neben Schleppern und Segelbooten an und verkaufte Brot, Lebensmittel, Tabak, Pfeifen und Genever.

»Ich höre…«

»Ich glaube, Sie haben Glück gehabt, dass Sie mit dem Revolver in der Hand aus dem Badezimmer kamen.«

»Das heißt?«

»Nichts! Wiederholen Sie, dass Sie niemanden im Badezimmer gesehen haben?«

»Ich habe niemanden gesehen.«

»Und Sie haben nichts gehört?«

Er wandte den Kopf ab.

»Ich habe nichts Genaues gehört… Vielleicht hatte ich das Gefühl, als ob sich etwas unter dem Badewannendeckel bewegte…«

»Entschuldigen Sie mich. Da wartet jemand auf mich.«

Und Maigret ging mit großen Schritten auf den Eingang des Hotels Van Hasselt zu, vor dem Beetje Liewens auf und ab spazierte. Sie versuchte ihm zuzulächeln, wie sonst auch, aber es war nicht echt. Man spürte ihre Nervosität. Sie fuhr fort, die Straße zu beobachten, als ob sie fürchtete, jemanden auftauchen zu sehen.

»Ich warte schon fast eine halbe Stunde auf Sie.«

»Möchten Sie hineingehen?«

»Nicht ins Café, oder?«

Auf dem Gang zögerte er eine Sekunde. Er konnte sie auch nicht auf seinem Zimmer empfangen. Also stieß er die

Tür zum großen, leeren Ballsaal auf, wo die Stimmen wie in einer Kirche hallten.

Bei Tageslicht wirkte die Dekoration auf dem Podium trist und verstaubt. Das Klavier war aufgeklappt. In einer Ecke standen eine große Kiste und bis zur Decke aufgestapelte Stühle.

Hinten bauschten sich Papiergirlanden, die sicher für einen Gesellschaftsball gebraucht worden waren.

Beetje sah so frisch aus wie immer. Sie trug ein blaues Kostüm, und unter einer weißen Seidenbluse sah ihr Busen verführerischer denn je aus.

»Konnten Sie denn von zu Hause weg?«

Sie antwortete nicht gleich. Sie hatte offensichtlich viel auf dem Herzen und wusste nicht, womit sie anfangen sollte.

»Ich bin ausgerissen«, sagte sie schließlich. »Ich hielt es nicht mehr aus. Ich hatte Angst! Das Dienstmädchen ist gekommen und sagte mir, dass mein Vater wütend sei, dass er imstande wäre, mich umzubringen... Er hatte mich ja schon in meinem Zimmer eingesperrt und redete nicht mit mir. Denn er sagt nie etwas, wenn er wütend ist... Neulich abends sind wir ohne ein Wort nach Hause gegangen. Er hat die Tür abgeschlossen. Heute Nachmittag hat das Mädchen durch das Schlüsselloch mit mir gesprochen. Er ist anscheinend ganz blass nach Hause gekommen am Mittag. Er hat gegessen, ging dann mit großen Schritten um den Hof und ist schließlich auf den Friedhof ans Grab meiner Mutter gegangen.

Er geht jedes Mal dorthin, wenn er einen wichtigen Entschluss fasst. Da habe ich ein Fenster zerschlagen, das Mädchen hat mir einen Schraubenzieher gegeben, und ich habe das Türschloss abgeschraubt… Ich will nicht mehr zurück! Sie kennen meinen Vater nicht!«

»Eine Frage!«, unterbrach Maigret.

Und er schaute auf die kleine Lackledertasche, die sie in der Hand hielt.

»Wie viel Geld haben Sie mitgenommen?«

»Ich weiß nicht, vielleicht fünfhundert Gulden.«

»Die in Ihrem Zimmer waren?«

Sie errötete, stammelte:

»Sie waren im Büro… Ich wollte zuerst zum Bahnhof gehen, aber gegenüber stand ein Polizist… Ich habe dann an Sie gedacht…«

Sie standen da wie in einem Wartesaal, wo unmöglich eine persönliche Atmosphäre entstehen kann, und sie dachten nicht einmal daran, zwei Stühle von den Stapeln zu nehmen und sich hinzusetzen.

Beetje war zwar einigermaßen nervös, geriet jedoch nicht aus der Fassung. Vielleicht schaute Maigret sie deshalb mit einer gewissen Feindseligkeit an, die sich vor allem in seiner Stimme bemerkbar machte, als er fragte:

»Wie vielen Männern haben Sie schon vorgeschlagen, mit Ihnen fortzugehen?«

Sie wurde unsicher, wandte den Kopf ab und stotterte:

»Was sagen Sie?«

»Zuerst Popinga… War er der Erste?«

»Ich verstehe nicht…«

»Ich frage Sie, ob er Ihr erster Liebhaber war.«

Ziemlich langes Schweigen. Dann:

»Ich hätte nie gedacht, dass Sie so gemein zu mir sein würden. Ich kam…«

»War er der Erste?… Kurz, es dauerte etwas über ein Jahr. Aber davor?«

»Ich… Ich habe mit dem Turnlehrer des Gymnasiums in Groningen geflirtet…«

»Geflirtet?«

»Er war es, der… der…«

»Gut! Sie hatten also vor Popinga schon einen Liebhaber. Keine anderen?«

»Nie!«, rief sie entrüstet.

»Und waren Sie die Geliebte von Barens?«

»Nein, ich schwöre es!«

»Sie haben sich mit ihm getroffen…«

»Weil er in mich verliebt war. Er traute sich ja kaum, mich zu küssen.«

»Und bei Ihrem letzten Rendezvous, das von mir unterbrochen wurde und bei dem Ihr Vater dazukam, haben Sie ihm vorgeschlagen, mit ihm zu fliehen.«

»Woher wissen Sie…?«

Er hätte beinahe laut gelacht. So viel Naivität war verwirrend! Sie hatte sich fast wieder gefangen. Sie redete mit einer bemerkenswerten Unbefangenheit über diese Dinge.

»Hat er nicht gewollt?«

»Er hatte Angst. Er sagte mir, er hätte kein Geld.«

»Und Sie schlugen ihm vor, Sie würden zu Hause welches nehmen. Kurz, Sie haben schon lange die fixe Idee, sich aus dem Staub zu machen. Ihr großes Lebensziel ist es, Delfzijl zu verlassen in Begleitung irgendeines Mannes.«

»Nicht irgendeines!«, korrigierte sie verärgert. »Sie sind gemein! Sie wollen nicht verstehen!«

»Aber doch! Aber doch! Das ist sogar kindisch einfach!

Sie lieben das Leben! Sie lieben die Männer! Sie lieben alle Vergnügungen, die sich Ihnen bieten.«

Sie senkte die Augen und fingerte an ihrer Tasche.

»Sie langweilen sich auf dem Mustergut Ihres Papas! Sie wollen etwas anderes! Mit siebzehn bändeln Sie auf dem Gymnasium mit dem Turnlehrer an ... Unmöglich, ihn zum Weggehen zu bewegen. Dann lassen Sie die Männer von Delfzijl Revue passieren, und Sie entdecken einen, der mutiger als die anderen zu sein scheint. Popinga ist herumgekommen. Auch er liebt das Leben. Er fühlt sich nicht wohl in dieser Welt der Vorurteile. Sie werfen sich ihm an den Hals ...«

»Warum sagen Sie ...«

»Vielleicht übertreibe ich! Nehmen wir an, dass er, da Sie ein hübsches Mädchen sind, ein verteufelt verführerisches Mädchen, Ihnen ein bisschen den Hof macht. Aber nur ganz vorsichtig, denn er fürchtet Komplikationen, fürchtet seine Frau, Any, seinen Direktor, seine Schüler ...«

»Vor allem Any!«

»Auf sie kommen wir gleich ... Er küsst Sie also verstohlen. Ich möchte wetten, dass er sich nicht einmal getraut hat, mehr zu wollen. Doch Sie glauben, es sei so weit ... Sie schaffen es, ihn jeden Tag zu treffen. Sie bringen ihm Obst vorbei. Sie nisten sich bei ihm zu Hause ein. Sie lassen sich mit dem Rad nach Hause bringen und halten hinter dem Holzhaufen an. Sie schreiben ihm Briefe, in denen Sie von Ihrem Wunsch auszubrechen schreiben ...«

»Haben Sie sie gelesen?«

»Ja.«

»Und Sie glauben, dass nicht er angefangen hat?«

Sie ereiferte sich.

»Anfangs sagte er mir, er sei sehr unglücklich. Madame Popinga verstehe ihn nicht und denke immer nur daran, was die Leute sagen könnten. Es sei ein ödes Leben und alles ...«

»Selbstverständlich!«

»Sie sehen genau, dass ...«

»Sechzig von hundert verheirateten Männern sagen dies zum erstbesten jungen, verführerischen Mädchen, das ihnen über den Weg läuft. Nur ist der arme Popinga einer begegnet, die ihn beim Wort genommen hat ...«

»Sie sind gemein, gemein!«

Sie war nahe daran zu weinen. Sie fasste sich, stampfte mit dem Fuß auf, um das Wort gemein noch zu betonen.

»Kurz, er hat diese berühmte Abreise immer wieder verschoben, und Sie haben genau gemerkt, dass er sie nie in die Tat umsetzen würde.«

»Das stimmt nicht!«

»Aber ja! Der Beweis ist doch, dass Sie sich irgendwie gegen diese Möglichkeit absicherten, indem Sie Barens' Werbung hinnahmen, vorsichtig natürlich, weil er ein schüchterner, wohlerzogener, achtbarer junger Mann ist, den man nicht vor den Kopf stoßen darf ...«

»Das ist entsetzlich!«

»Es ist eine kleine, wahre Geschichte.«

»Sie hassen mich, nicht wahr?«

»Ich? Überhaupt nicht.«

»Sie hassen mich! Und ich bin so unglücklich! Ich liebte Conrad!«

»Und Cornelius? Und den Turnlehrer?«

Diesmal weinte sie wirklich. Und stampfte mit dem Fuß auf.

»Ich verbiete Ihnen …«

»… zu behaupten, dass Sie sie nicht geliebt haben? Aber wieso denn? Sie liebten sie in dem Maß, in dem sie für Sie ein anderes Leben verkörperten, den großen Aufbruch, von dem Sie stets besessen waren.«

Sie hörte nicht mehr hin. Sie seufzte:

»Ich hätte nicht kommen sollen. Ich glaubte …«

»… dass ich Sie unter meine Fittiche nehmen würde? Aber das tue ich doch! Nur betrachte ich Sie deswegen weder als Opfer noch als Heldin. Sie sind ein kleines, genießerisches Mädchen, ein bisschen dumm, ein bisschen egoistisch, das ist alles! Ein Mädchen, wie es viele gibt.«

Sie blickte ihn mit feuchten, aber schon hoffnungsvollen Augen an. »Alle hassen mich!«, schimpfte sie.

»Wer, alle?«

»Zuerst Madame Popinga, weil ich ganz anders bin als sie! Sie möchte, dass ich den ganzen Tag Kleider für die Eingeborenen in Ozeanien nähe oder etwas für die Armen stricke. Ich weiß, dass sie zu den Mädchen im Nähkurs gesagt hat, sie sollten bloß nicht so werden wie ich. Und sie hat mir angekündigt, es würde ein schlimmes Ende mit mir nehmen, wenn ich nicht bald einen Mann finden würde. Immer wieder habe ich das gesagt bekommen …«

Wieder war der abgestandene Geruch der Kleinstadt zu spüren: der Nähkurs, der Klatsch, die jungen Mädchen aus guter Familie, die sich um die Vorsitzende des Wohltätigkeitsvereins scharten, die Ratschläge, die perfiden Vertraulichkeiten …

»Aber es ist vor allem Any …«

»… die Sie hasst?«

»Ja! Wenn ich kam, ging sie sogar meistens in ihr Zimmer hinauf. Ich könnte schwören, dass sie schon seit langem wusste, was los war! … Madame Popinga ist trotz allem eine nette Frau. Sie versuchte nur immer, mir ein anderes Benehmen beizubringen, mir anders geschnittene Kleider zu verpassen. Und vor allem sollte ich andere Bücher als Romane lesen! Aber sie ahnte nichts. Sie war es, die zu Conrad sagte, er solle mich nach Hause bringen!«

Ein seltsames Lächeln huschte über Maigrets Gesicht.

»Any ist ganz anders! Sie haben sie ja gesehen! Sie ist hässlich! Sie hat schiefe Zähne! Nie hat ihr ein Mann den Hof gemacht! Sie weiß es genau! Sie weiß, dass sie als alte Jungfer sterben wird. Und deshalb hat sie studiert, wollte sie einen Beruf erlernen. Sie tut so, als ob sie die Männer hasst! Sie ist in Feministinnenvereinen!«

Beetje wurde wieder lebhaft. Man spürte, wie endlich der alte Groll aus ihr herausbrach.

»Also strich sie dauernd im Haus herum, um Conrad zu überwachen. Weil sie dazu verurteilt ist, tugendhaft zu bleiben, muss es jeder sein, verstehen Sie? Sie hat es geahnt, da bin ich sicher. Sie hat bestimmt versucht, ihren Schwager von mir abzubringen. Und auch Cornelius! Sie merkte genau, dass alle Männer mich ansahen, auch Wienands, der nie gewagt hat, mich anzusprechen, aber immer ganz rot wird, wenn ich mit ihm tanze. Seine Frau hasst mich deswegen auch! Vielleicht hat Any ihrer Schwester nichts gesagt, vielleicht doch. Vielleicht war sogar sie es, die meine Briefe gefunden hat.«

»Und die den Mord verübt hat?«, fragte Maigret brutal.

Sie stotterte.

»Ich schwöre, ich weiß es nicht… Das habe ich damit nicht gesagt, aber Any ist ein boshaftes Frauenzimmer! Ist es meine Schuld, wenn sie hässlich ist?«

»Wissen Sie bestimmt, dass sie nie einen Liebhaber gehabt hat?«

Ach! Das Lächeln, vielmehr das leise Lachen Beetjes, dieses instinktiv triumphierende Lachen einer begehrenswerten Frau, die eine hässliche Person aussticht.

Man hätte glauben können, es handelte sich um Pensionatsschülerinnen, die sich um irgendeine Lappalie stritten!

»Jedenfalls nicht in Delfzijl!«

»Hasste sie auch ihren Schwager?«

»Ich weiß nicht… Das ist etwas anderes! Er gehörte zur Familie. Und sie betrachtete eben die ganze Familie ein bisschen als ihr Eigentum. Also musste er überwacht und behütet werden.«

»Aber nicht getötet werden?«

»Was denken Sie? Sie reden immer nur davon!«

»Ich denke nichts! Antworten Sie! Wusste Oosting von Ihrem Verhältnis zu Popinga?«

»Hat man Ihnen das auch gesagt?«

»Sie fuhren zusammen an Bord seines Schiffes zu den Sandbänken nach Workum. Ließ er Sie allein?«

»Ja. Er saß am Steuer, an Deck.«

»Und überließ Ihnen die Kajüte?«

»Natürlich. Draußen war es frisch.«

»Haben Sie ihn seitdem wiedergesehen, seit Conrads Tod?«

»Nein! Ich schwöre es.«

»Hat er Ihnen nie den Hof gemacht?«

Sie lachte gezwungen.

»Er?«

Und doch wollte sie beinahe schon wieder weinen vor Erregung. Madame Van Hasselt, die ein Geräusch gehört hatte, steckte ihren Kopf durch den Türspalt, stammelte irgendwelche Entschuldigungen und ging wieder an ihre Kasse. Es herrschte Schweigen.

»Glauben Sie wirklich, dass Ihr Vater imstande wäre, Sie zu töten?«

»Ja. Er würde es tun.«

»Also wäre er auch imstande gewesen, Ihren Liebhaber zu töten…«

Sie riss entsetzt die Augen auf und protestierte sofort:

»Nein! Das ist nicht wahr! Papa hat nicht…«

»Immerhin war er nicht da, als Sie am Abend des Verbrechens nach Hause kamen.«

»Woher wissen Sie…«

»Er ist kurz nach Ihnen nach Hause gekommen, nicht wahr?«

»Gleich danach. Aber…«

»In Ihren letzten Briefen äußern Sie Ihre Ungeduld. Sie spürten, dass Conrad Ihnen entglitt, dass er vor dem Abenteuer zurückzuschrecken begann, dass er jedenfalls sein Heim niemals aufgeben würde, um mit Ihnen ins Ausland zu gehen.«

»Was wollen Sie damit sagen?«

»Nichts! Ich habe nur etwas klargestellt. Ihr Vater wird sicher bald hier sein.«

Sie schaute ängstlich um sich. Sie schien einen Fluchtweg zu suchen.

»Sie müssen keine Angst haben. Ich brauche Sie heute Abend.«

»Heute Abend?«

»Ja! Wir wollen das, was die Beteiligten am Abend des Verbrechens getan haben, genau rekonstruieren.«

»Er wird mich umbringen!«

»Wer?«

»Mein Vater!«

»Ich bin da. Sie brauchen keine Angst zu haben.«

»Aber...«

Die Tür ging auf. Jean Duclos kam herein, machte sie heftig hinter sich zu, drehte den Schlüssel herum und kam mit geschäftiger Miene näher.

»Vorsicht! Der Bauer ist hier! Er...«

»Bringen Sie sie auf Ihr Zimmer.«

»Auf mein...«

»Auf meins, wenn Ihnen das lieber ist!«

Man hörte Schritte auf dem Gang. In der Nähe des Podiums führte eine Tür hinaus zum Dienstboteneingang. Dort gingen beide hinaus. Maigret drehte den Schlüssel herum und stand direkt vor dem Bauer Liewens, der ihm über die Schulter schaute.

»Beetje?«

Wieder einmal spielten Sprachschwierigkeiten eine Rolle. Sie konnten sich nicht verständigen. Maigret konnte nichts anderes tun als mit seinem breiten Körper den Bauern zurückhalten, Zeit gewinnen und vermeiden, dass sein Gegenüber in Wut geriet.

Kurz darauf kam Jean Duclos wieder herunter und setzte eine gelassene Miene auf.

»Sagen Sie ihm, dass er seine Tochter heute Abend wiederbekommt, dass wir auch ihn für die Rekonstruktion des Verbrechens brauchen.«

»Muss das sein?«

»Verflucht noch mal, übersetzen Sie, wenn ich es Ihnen sage!«

Duclos tat es mit süßlicher Stimme. Der Bauer schaute beide an.

»Sagen Sie ihm auch noch, dass der Mörder heute Abend hinter Schloss und Riegel sitzt.«

Auch das wurde übersetzt. Und dann konnte Maigret gerade noch aufspringen und Liewens überwältigen, der nach einem Revolver gegriffen und versucht hatte, ihn gegen seine Schläfe zu richten.

Der Kampf war kurz. Maigret war so schwer, dass er seinen Gegner sofort bewegungsunfähig gemacht und entwaffnet hatte; dabei fiel ein Stapel Stühle, an den die beiden gestoßen waren, polternd um und verletzte den Kommissar leicht an der Stirn.

»Schließen Sie die Tür ab!«, rief Maigret Duclos zu. »Es braucht niemand hereinzukommen.«

Und schwer atmend stand er auf.

9

Der Lokaltermin

Die Wienands kamen als Erste, genau um halb acht. In diesem Augenblick warteten im Festsaal des Hotels Van Hasselt nur drei Männer; jeder stand für sich und redete nicht mit den anderen: Jean Duclos, der nervös im Raum auf und ab ging; der Bauer Liewens, der griesgrämig und regungslos auf einem Stuhl saß; und Maigret, der mit der Pfeife im Mund am Klavier lehnte.

Niemand hatte daran gedacht, die Lampen anzuknipsen. Eine einzige große Birne hing sehr hoch und verbreitete ein trübes Licht. Die Stühle im Hintergrund waren aufeinandergestapelt außer der ersten Reihe, die Maigret wieder hatte aufstellen lassen. Auf dem kleinen leeren Podium ein Tisch mit einer grünen Decke und ein Stuhl.

Die Wienands waren in Sonntagskleidung. Sie hatten sich an die brieflich übermittelten Anweisungen gehalten und die beiden Kinder mitgebracht. Man spürte, dass sie in Eile zu Abend gegessen und das Esszimmer unaufgeräumt zurückgelassen hatten, um pünktlich zu sein.

Wienands nahm beim Hereinkommen den Hut ab, suchte jemand, den er begrüßen konnte, zog aber, nach einer Bewegung in Richtung Professor, seine Familie in eine Ecke und wartete schweigend. Sein Stehkragen war zu hoch, seine Krawatte schlecht gebunden.

Cornelius Barens kam ganz kurz darauf, so blass und nervös, als ob er beim geringsten Anlass wegrennen wollte. Auch er suchte jemand, dem er sich anschließen oder zugesellen konnte, aber er traute sich nicht, auf einen der Anwesenden zuzugehen, und lehnte sich an den Stapel Stühle.

Inspektor Pijpekamp brachte Oosting mit, der Maigret anstarrte. Und dann kamen die Letzten: Madame Popinga und Any, die hastig eintraten, eine Sekunde stehenblieben und zu der ersten Stuhlreihe gingen.

»Lassen Sie Beetje herunterkommen!«, sagte Maigret zum Inspektor. »Einer Ihrer Polizisten soll Liewens und Oosting im Auge behalten. Sie waren am Abend des Dramas nicht hier. Wir brauchen sie erst nachher. Sie können hinten im Saal bleiben …«

Als Beetje hereinkam, zuerst verwirrt wirkte und sich dann beim Anblick von Madame Popinga und Any in einer Aufwallung von Stolz unwillkürlich straffte, schienen alle einen Augenblick den Atem anzuhalten.

Nicht weil es dramatisch war. Das war es nicht. Im Gegenteil, es war erbärmlich – diese Handvoll Menschen in diesem großen leeren Saal, den eine einzige Lampe erhellte!

Nur mit Mühe konnte man sich vorstellen, dass ein paar Tage zuvor Leute, die Honoratioren von Delfzijl, dafür bezahlt hatten, sich auf einen dieser aufgestapelten Stühle setzen zu können, dass sie sich beim Hereinkommen für die hinteren Ränge in Pose gesetzt, sich zugelächelt und Hände geschüttelt hatten und sich dann in Sonntagskleidung vor das Podium gesetzt und Jean Duclos' Erscheinen beklatscht hatten.

Es war genau so, als würde man sich dasselbe Schauspiel

plötzlich durch das verkehrte Ende des Fernrohrs anschauen!

Durch das Warten und die Ungewissheit über das Kommende stand in den Gesichtern nicht einmal Unruhe oder Schmerz. Es war etwas anderes! Stumpfe, nichtssagende Blicke. Müde, verstimmte Gesichter.

Und die Beleuchtung machte die Haut grau. Selbst Beetje hatte nichts Aufregendes mehr an sich.

Es war ohne Glanz, ohne Größe. Es war erbärmlich und lächerlich. Draußen hatten sich Grüppchen gebildet, die stumm herumstanden, denn am Spätnachmittag hatte sich herumgesprochen, dass irgendetwas geschehen würde. Aber sicher hatte sich keiner ein so wenig aufregendes Schauspiel vorgestellt.

Maigret ging zuerst auf Madame Popinga zu.

»Würden Sie sich bitte auf den gleichen Platz wie an jenem Abend setzen?«, sagte er.

Vor ein paar Stunden, bei sich zu Hause, hatte sie feierlich ausgesehen. Das war vorbei. Sie schien älter. In ihrem schlecht geschnittenen Kostüm wirkte eine Schulter breiter als die andere, und sie hatte große Füße. Und auch eine Narbe am Hals unterhalb des Ohrs.

Bei Any war es noch schlimmer, denn ihr Gesicht wirkte so asymmetrisch wie noch nie. Ihre Aufmachung war albern, alles war zu eng, ihr Hut zeugte von schlechtem Geschmack.

Madame Popinga setzte sich in die Mitte der ersten Reihe auf den Ehrenplatz. An jenem Abend, mit all den Lichtern, mit ganz Delfzijl hinter sich, war sie sicher ganz rosig gewesen vor Stolz und Freude.

»Wer saß neben Ihnen?«

»Der Direktor der Marineschule.«

»Auf der anderen Seite?«

»Monsieur Wienands.«

Er wurde gebeten, seinen Platz einzunehmen. Er hatte seinen Mantel nicht ausgezogen. Er setzte sich verlegen und schaute woandershin.

»Madame Wienands?«

»Ganz außen in der Reihe, wegen der Kinder.«

»Beetje?«

Diese setzte sich von allein auf ihren Platz, ließ einen Stuhl frei zwischen sich und Any: den Stuhl von Conrad Popinga.

Pijpekamp stand in einiger Entfernung, war verwirrt, verblüfft, fühlte sich unbehaglich und war unruhig.

Jean Duclos wartete, bis er an die Reihe kam.

»Gehen Sie aufs Podium!«, sagte Maigret zu ihm.

Wahrscheinlich hatte er am meisten an Ausstrahlung eingebüßt. Er war dürr, schlecht gekleidet. Man konnte sich nur mit Mühe vorstellen, dass sich an jenem Abend hundert Personen aufgemacht hatten, um ihm zuzuhören.

Die Stille war so beklemmend wie dieses Licht, das grell und schwach zugleich von der hohen Decke herunterfiel. Hinten im Saal hustete der Baes ein paarmal und gab damit dem allgemeinen Unbehagen Ausdruck.

Maigret selber verriet auch eine gewisse Unruhe. Er überwachte seine Inszenierung. Sein schwerer Blick glitt von einer Person zur anderen, hielt sich bei kleinen Details auf, bei der Haltung Beetjes, beim zu langen Rock Anys, bei den unsauberen Fingernägeln Duclos', der ganz allein vor seinem Rednertisch saß und Haltung zu bewahren versuchte.

»Wie lange haben Sie gesprochen?«

»Eine Dreiviertelstunde.«

»Haben Sie Ihren Vortrag abgelesen?«

»Aber nein! Ich hielt ihn zum zwanzigsten Mal. Ich brauche nicht einmal mehr meine Notizen.«

»Dann haben Sie also in den Saal geschaut.«

Und er setzte sich einen Augenblick zwischen Beetje und Any. Die Stühle standen ziemlich eng nebeneinander. Sein Knie berührte Beetjes Knie.

»Wann war die Veranstaltung zu Ende?«

»Kurz vor neun Uhr. Denn vorher hatte ein junges Mädchen Klavier gespielt.«

Das Klavier stand noch offen da mit einer Polonaise von Chopin auf dem Notenständer. Madame Popinga begann an ihrem Taschentuch herumzunagen. Oosting rumorte im Hintergrund. Seine Füße bewegten sich andauernd über den mit Sägespänen bedeckten Boden. Es war kurz nach acht. Maigret stand auf, ging hin und her.

»Würden Sie mir bitte kurz den Inhalt Ihres Vortrags zusammenfassen, Monsieur Duclos?«

Aber Duclos war nicht imstande, etwas zu sagen. Oder vielmehr setzte er an, seinen Vortrag wortwörtlich zu bringen. Nach einigem Hüsteln murmelte er:

»Ich möchte der intelligenten Bevölkerung Delfzijls nicht zu nahe treten, wenn…«

»Entschuldigen Sie! Sie sprachen von der Kriminalität! In welchem Sinn?«

»Von der Verantwortlichkeit der Verbrecher.«

»Und Sie behaupten?«

»Dass unsere Gesellschaft verantwortlich ist für die Vergehen, die in ihr begangen werden und die man Verbrechen nennt. Wir haben das Leben zum optimalen Wohl aller organisiert. Wir haben soziale Klassen eingerichtet, und es ist notwendig, dass jedes Individuum seinen Platz in der Gesellschaft findet.«

Er schaute unentwegt auf den grünen Teppich, während er redete. Seine Stimme klang belegt.

»Das genügt!«, brummte Maigret. »Ich kenne das: ›Es gibt Ausnahmen, Kranke oder Unangepasste ... Sie stoßen auf unüberwindliche Hindernisse ... Sie werden von allen Seiten abgelehnt und werden kriminell ...‹ So etwas wollten Sie doch sagen, oder? Das ist nichts Neues. Folgerung: ›Keine Gefängnisse mehr, sondern Umerziehungszentren, Krankenhäuser, Sanatorien, Kliniken.‹«

Duclos war verärgert und antwortete nicht.

»Kurz, das haben Sie in einer Dreiviertelstunde mit einigen schlagenden Beispielen erklärt. Sie haben Lombroso, Freud und Konsorten zitiert.«

Er schaute auf seine Uhr und wandte sich vor allem an die erste Stuhlreihe.

»Ich bitte Sie, sich noch ein paar Minuten zu gedulden.«

Genau in diesem Augenblick fing eins der Kinder der Wienands an zu weinen. Und seine nervöse Mutter schüttelte es, um es zu beruhigen. Als Wienands sah, dass sie nichts erreichte, nahm er das Kind auf die Knie, streichelte es liebevoll und kniff es dann in den Arm, um es zum Schweigen zu bringen.

Man musste den leeren Stuhl zwischen Any und Beetje betrachten, um sich daran zu erinnern, dass es sich um ein ernstes Geschehen handelte! Und noch etwas! War es überhaupt verständlich, dass Beetje, mit ihrem frischen, aber banalen Gesicht, eine Ehe durcheinanderbringen konnte?

Nur eins an ihr war anziehend, und es war die Hexerei dieser Inszenierung, dass sie die reine Wahrheit hervorhob, die Ereignisse auf ihren unmittelbaren Anlass zurückführte: auf zwei schöne Brüste, die unter der Seide noch verführerischer waren, die Brüste einer Neunzehnjährigen, die sich unter der Bluse kaum bewegten, gerade so viel, um erst recht lebendig zu wirken.

Etwas weiter weg saß Madame Popinga, die auch mit neunzehn Jahren keinen solchen Busen gehabt hatte, Madame Popinga, mit ihren zugeknöpften, dunklen Kleidern, geschmackvoll, aber ohne jede sinnliche Anziehungskraft.

Daneben Any, spitz, hässlich, flachbusig, aber rätselhaft.

Popinga war Beetje begegnet, ein lebenslustiger Popinga, ein Popinga, der so gern alles Schöne genießen wollte! Und er hatte nicht Beetjes Gesicht gesehen, ihre blauen Augen, er hatte vor allem auch nichts von dem Ausbruchswillen gemerkt, der sich hinter diesem Puppengesicht verbarg. Er hatte diesen bebenden Busen, diesen gesunden, anziehenden Körper gesehen.

Madame Wienands war auch keine Frau mehr. Sie war die Mutter, die Hausfrau. Sie putzte gerade ihrem Kleinen die Nase, der nicht mehr die Kraft hatte weiterzuweinen.

»Soll ich hierbleiben?«, fragte Duclos vom Podium herunter.

»Ich bitte Sie darum.«

Maigret ging zu Pijpekamp hinüber, redete leise mit ihm. Der Polizeibeamte aus Groningen ging etwas später mit Oosting hinaus.

Im Café spielten Leute Billard. Man hörte, wie die Kugeln aneinanderstießen.

Und im Saal waren alle bedrückt. Das Ganze erinnerte an eine spiritistische Sitzung, an das Warten auf etwas Entsetzliches. Any traute sich als Einzige, plötzlich aufzustehen und nach einem Augenblick des Zögerns zu sagen:

»Ich weiß nicht, worauf Sie hinauswollen. Es ist... Es ist...«

»Es ist Zeit... Entschuldigung! Wo ist Barens?«

An ihn hatte er nicht mehr gedacht. Er fand ihn ziemlich weit hinten im Saal an eine Wand gelehnt.

»Warum haben Sie sich nicht auf Ihren Platz gesetzt?«

»Sie haben gesagt: Wie an jenem Abend!«

Er wich Maigrets Blick aus, redete stockend.

»An jenem Abend saß ich zusammen mit den anderen Schülern auf einem Platz zu fünfzig Cents.«

Maigret ging nicht weiter darauf ein. Er öffnete die Verbindungstür zur Vorhalle, von der aus man auf die Straße gelangte, ohne durch das Café gehen zu müssen. Er sah nur drei oder vier Gestalten in der Dunkelheit.

»Ich nehme an, dass es nach dem Vortrag unten am Podium ein Gedränge gab. Der Direktor der Schule, der Pastor, ein paar Honoratioren, die den Redner beglückwünschten...«

Niemand antwortete, doch diese Worte genügten, um die Szene wieder lebendig werden zu lassen: die Zuhörer, die zum Ausgang strömten, lautes Stühlerücken, Gespräche und dort, beim Podium, eine Gruppe, Händeschütteln, lobende Worte… Der Saal, der sich leerte, die letzte Gruppe, die schließlich auch aufbrach, Barens, der die Popingas einholte…

»Kommen Sie, Monsieur Duclos.«

Alle standen auf. Und alle schienen unsicher über die Rolle, die sie spielen sollten. Man sah auf Maigret. Any und Beetje schauten aneinander vorbei. Wienands trug verlegen und unbeholfen sein Jüngstes auf dem Arm.

»Folgen Sie mir.«

Und kurz vor der Tür:

»Wir gehen in derselben Reihenfolge zum Haus wie am Tag des Vortrags. Madame Popinga, Monsieur Duclos!«

Sie schauten sich an, zögerten, gingen ein paar Schritte in der dunklen Straße.

»Mademoiselle Beetje! Sie gingen neben Popinga. Gehen Sie weiter. Ich komme gleich.«

Sie traute sich kaum, allein in Richtung Stadt zu gehen, vor allem fürchtete sie sich vor ihrem Vater, der in einer Ecke des Saales von einem Polizisten bewacht wurde.

»Monsieur und Madame Wienands!«

Sie benahmen sich am natürlichsten, weil sie sich um die Kinder kümmern mussten.

»Mademoiselle Any und Barens!«

Dieser fing beinahe zu schluchzen an, biss sich auf die Lippen und ging am Kommissar vorbei.

Dann drehte sich der Kommissar zu dem Polizisten um, der Liewens bewachte.

»Am Abend des Vorfalls war er um diese Zeit zu Hause.

Bringen Sie ihn nach Hause, und er soll genau das tun, was er neulich getan hat!«

Alles ähnelte einem schlecht organisierten Aufmarsch. Die Ersten blieben stehen und wussten nicht, ob sie weitergehen sollten. Es kam zu Verzögerungen, es wurde angehalten und abgewartet.

Madame Van Hasselt beobachtete von der Tür aus den Vorgang und antwortete auf die Fragen der Billardspieler.

In der Stadt schliefen beinahe alle, die Läden waren geschlossen.

Madame Popinga und Duclos gingen direkt zum Kai, und man konnte sehen, wie der Professor seine Begleiterin zu beruhigen versuchte.

Licht und Dunkelheit wechselten sich ab, denn die Gaslaternen standen weit auseinander. Man konnte das schwarze Wasser erkennen und die schaukelnden Schiffe, die alle eine Laterne am Mast hängen hatten. Beetje, die Any hinter sich wusste, versuchte möglichst ungezwungen zu gehen, aber weil sie allein lief, fiel es ihr nicht leicht.

Zwischen den einzelnen Grüppchen lag ein Abstand von ein paar Schritten. Hundert Meter weiter sah man deutlich Oostings Schiff, denn es war als einziges weiß gestrichen. Die Luken waren nicht erleuchtet. Der Kai war menschenleer.

»Bleiben Sie bitte stehen, wo Sie gerade sind!«, rief Maigret so, dass ihn alle hören konnten.

Sie blieben stehen. Es war ganz dunkel. Der Lichtstrahl des Leuchtturms glitt ganz hoch über ihren Köpfen hinweg und beleuchtete nichts.

Dann wandte sich Maigret zu Any:

»Waren Sie genau an diesem Platz?«

»Ja.«

»Und Sie, Barens?«

»Ja, ich glaube …«

»Sind Sie sicher? Gingen Sie neben Any?«

»Ja. Warten Sie … Nicht hier, sondern zehn Meter weiter machte mich Any darauf aufmerksam, dass der Mantel von einem der Kinder auf dem Boden schleifte.«

»Und Sie sind ein Stück vorgegangen, um es Wienands zu sagen?«

»Madame Wienands.«

»Hat das nur ein paar Sekunden gedauert?«

»Ja. Die Wienands sind weitergegangen. Ich habe auf Any gewartet.«

»Sie haben nichts Ungewöhnliches bemerkt?«

»Nichts!«

»Gehen Sie alle zehn Meter weiter!«, befahl Maigret.

Und da zeigte sich, dass Madame Popingas Schwester genau auf gleicher Höhe mit Oostings Schiff stand.

»Gehen Sie nach vorn zu den Wienands, Barens.«

Und zu Any:

»Heben Sie die Mütze vom Deck auf!«

Man brauchte nur drei Schritte zu machen, sich nach der Mütze zu bücken, die dort lag, schwarz auf weiß, gut sichtbar mit ihrem metallisch glänzenden Schirm.

»Warum soll ich …«

»Heben Sie sie auf!«

Man merkte, wie die anderen, die weiter weg standen, zu verstehen suchten, was los war.

»Aber ich habe nicht…«

»Unwichtig! Wir sind nicht vollzählig. Jeder muss mehrere Rollen spielen. Das ist nur ein Experiment.«

Sie nahm die Mütze an sich.

»Verstecken Sie sie unter Ihrem Mantel! Gehen Sie zu Barens.«

Er selber ging an Deck und rief:

»Pijpekamp!«

»Ja!«

Und der Polizeibeamte tauchte vorn an der Luke auf. Es war die Luke der Kajüte, in der Oosting schlief. Die Kajüte war so niedrig, dass man nicht aufrecht darin stehen konnte und es einleuchtete, dass jemand, der zum Beispiel eine letzte Pfeife rauchen wollte, den Kopf herausstreckte und sich mit den Ellbogen auf Deck aufstützte.

Oosting war genau in dieser Haltung. Vom Kai aus, von dem Platz aus, wo die Mütze lag, konnte man ihn nicht sehen, aber er sah den Dieb der Mütze genau.

»Gut! Er soll das Gleiche tun wie in jener Nacht.«

Und Maigret kehrte zu der Gruppe zurück.

»Gehen Sie weiter! Ich nehme Popingas Platz ein.«

Er fand sich neben Beetje, vor ihm gingen Madame Popinga und Duclos, hinter ihm die Wienands, schließlich Any und Barens. Weiter hinten hörte man Geräusche: Oosting, der sich, überwacht vom Inspektor, in Bewegung setzte.

Jetzt gingen sie nicht mehr durch erleuchtete Straßen. Hinter dem Hafen kam man an der stillgelegten Schleuse vorbei, die das Meer vom Kanal trennte. Dann kam der Treidelweg mit Bäumen zur Rechten und einen halben Kilometer weiter das Haus der Popingas.

Beetje stotterte:

»Ich verstehe nicht…«

»Pst! Die Nacht ist ruhig. Man kann uns hören, und wir hören die Stimmen von denen, die vor und hinter uns laufen… Also hat Popinga laut mit Ihnen von allem Möglichen gesprochen, auch von dem Vortrag.«

»Ja.«

»Und Sie haben ihm leise Vorwürfe gemacht.«

»Woher wissen Sie das?«

»Unwichtig… Warten Sie! Beim Vortrag saßen Sie neben ihm! Sie haben versucht, seine Hand zu fassen. Hat er sie nicht zurückgestoßen?«

»Doch!«, stammelte sie beeindruckt und schaute ihn mit großen Augen an.

»Und Sie haben es wieder versucht.«

»Ja. Bisher war er nie so vorsichtig gewesen. Er küsste mich sogar bei sich zu Hause, hinter der Tür. Einmal sogar im Esszimmer, als Madame Popinga im Wohnzimmer stand und mit uns redete. Erst in letzter Zeit war er so ängstlich.«

»Also, Sie haben ihm Vorwürfe gemacht. Sie haben ihm noch einmal gesagt, dass Sie mit ihm fortgehen wollten, und unterhielten sich dann wieder laut mit ihm.«

Und vorn und hinten hörte man Schritte, Stimmengemurmel und Duclos, der sagte:

»…versichere Ihnen, dass dies keiner polizeilichen Untersuchungsmethode entspricht.«

Und hinter ihnen schimpfte Madame Wienands mit ihrem Kind.

Im Dunkeln konnte man das Haus erkennen. Es brannte kein Licht. Madame Popinga blieb auf der Schwelle stehen.

»Sie sind neulich auch so stehengeblieben, nicht wahr? Weil Ihr Mann den Schlüssel hatte?«

»Ja.«

Die Gruppen waren vor dem Haus angekommen.

»Schließen Sie auf!«, sagte Maigret. »Schlief das Mädchen schon?«

»Ja, wie heute.«

Sie machte die Tür auf und knipste das Licht an. Der Flur und die Garderobe aus Bambus zur Linken wurden erhellt.

»War Popinga von diesem Augenblick an sehr fröhlich?«

»Ja! Aber unnatürlich… Er redete zu laut.«

Man legte die Mäntel und die Hüte ab.

»Verzeihung! Haben alle hier abgelegt?«

»Nur Any und ich nicht!«, sagte Madame Popinga. »Wir sind ins Zimmer hinaufgegangen, um uns ein bisschen zurechtzumachen.«

»Ohne dabei vorher in ein anderes Zimmer zu gehen? Wer hat im Wohnzimmer Licht angemacht?«

»Conrad.«

»Gehen Sie bitte hinauf.«

Und er ging mit.

»Ist Any nicht in Ihrem Zimmer, das sie durchqueren musste, um in ihr eigenes zu kommen, kurz stehengeblieben?«

»Nein, ich glaube nicht.«

»Ich bitte Sie, benehmen Sie sich genauso wie an dem Abend. Mademoiselle Any, legen Sie in Ihrem Zimmer bitte Mütze, Mantel und Ihren Hut ab. Was haben Sie beide gemacht?«

Madame Popingas Unterlippe schob sich vor.

»Etwas Puder aufgelegt«, sagte sie mit kindlicher Stimme. »Kurz gekämmt... Aber ich kann nicht... Es ist schrecklich. Ich meine... Unten hörte ich Conrads Stimme... Er redete vom Radio, wollte Radio Paris einstellen.«

Madame Popinga warf ihren Mantel aufs Bett. Sie weinte tränenlos, vor Erschöpfung. Any wartete, kerzengerade aufgerichtet, im Arbeitszimmer, das ihr als Schlafzimmer diente.

»Sind Sie zusammen hinuntergegangen?«

»Ja... Nein! Ich weiß nicht mehr... Ich glaube, Any kam kurz nach mir herunter... Ich wollte Tee machen.«

»Würden Sie also bitte hinuntergehen?«

Er blieb allein mit Any, redete kein Wort, nahm ihr die Mütze aus der Hand, schaute sich um und versteckte sie unter dem Sofa.

»Kommen Sie!«

»Glauben Sie...«

»Nein! Kommen Sie! Sie haben sich nicht gepudert.«

»Nie!«

Sie hatte Ringe unter den Augen. Maigret ließ sie vorgehen. Die Treppenstufen knarrten. Unten herrschte völliges Schweigen, so dass die Szene im Wohnzimmer ganz unwirklich anmutete. Es war wie in einem Wachsfigurenkabinett. Niemand hatte gewagt, sich zu setzen. Madame Wienands strich ihrem Ältesten die unordentlichen Haare glatt.

»Setzen Sie sich, wie an jenem Abend. Wo ist das Radio?«

Er sah es selber, drehte an den Knöpfen, Pfeifen und

Stimmengewirr waren zu hören, dann Musikfetzen; schließlich stellte er einen Sender ein, auf dem zwei Komiker einen Sketch auf Französisch spielten:

Der Oberst sagte zum Hauptmann…

Die Stimme wurde lauter, als er den Sender scharf einstellte. Es pfiff noch zwei- oder dreimal.

…und das ist ein guter Kerl, der Hauptmann. Aber der Oberst, mein Lieber…

Und diese volkstümliche, spöttische Stimme hallte durch das ordentlich aufgeräumte Wohnzimmer, in dem alle völlig unbeweglich dastanden.

»Setzen Sie sich!«, donnerte Maigret. »Machen Sie Tee! Reden Sie…«

Er wollte durch das Fenster schauen, aber die Läden waren heruntergelassen. Er öffnete die Tür und rief:

»Pijpekamp!«

»Ja«, sagte eine Stimme im Dunkeln.

»Ist er da?«

»Ja, hinter dem zweiten Baum!«

Maigret ging wieder hinein. Die Tür fiel ins Schloss. Der Sketch war zu Ende, und die Stimme des Sprechers kündigte an:

…die Platte Odéon Nummer achtundzwanzigtausendsechshundertfünfundsechzig…

Ein kratzendes Geräusch. Eine Jazzplatte. Madame Popinga lehnte sich an die Wand. Hinter dem Sender hörte man eine andere näselnde, ausländisch wirkende Stimme, und manchmal knackte es, dann kam die Musik wieder.

Maigret suchte Beetje mit dem Blick. Sie kauerte in einem Sessel. Sie weinte heftig und stammelte zwischen zwei Schluchzern:

»Armer Conrad! Conrad!«

Und Barens, weiß im Gesicht, biss sich auf die Lippen.

»Der Tee!«, befahl Maigret Any.

»Der ist noch nicht an der Reihe… Man hatte den Teppich aufgerollt… Conrad tanzte.«

Beetje schluchzte noch heftiger. Maigret schaute auf den Teppich, auf den Eichentisch mit der bestickten Decke, auf das Fenster und auf Madame Wienands, die nicht wusste, was sie mit ihren Kindern machen sollte.

10

Jemand wartet ab

Maigret war größer und massiger als sie alle. Das Wohnzimmer war klein. Wie er an der Tür lehnte, schien der Kommissar zu groß dafür zu sein. Er war ernst. Vielleicht war er nie menschlicher als jetzt, da er langsam, mit etwas tonloser Stimme sagte:

»Die Musik spielt. Barens hilft Popinga den Teppich aufzurollen. In einer Ecke redet Jean Duclos und hört sich dabei selber zu, er sitzt Madame Popinga und Any gegenüber. Wienands und seine Frau wollen wegen der Kinder gehen, sprechen leise miteinander. Popinga hat ein Glas Cognac getrunken, genug, um ihn in Stimmung zu bringen. Er lacht. Er trällert. Er geht zu Beetje und fordert sie auf.«

Madame Popinga schaute unverwandt auf den Boden. Any richtete ihre fiebrig glänzenden Augen weiter auf den Kommissar. Dieser fuhr fort:

»Der Mörder weiß schon, dass er töten wird. Jemand beobachtet Conrad beim Tanzen und weiß, dass dieser Mann, der ein bisschen zu laut lacht, der sich trotz allem amüsieren will, der lebens- und liebeshungrig ist, in zwei Stunden eine Leiche sein wird…«

Man spürte buchstäblich den Schock. Madame Popinga machte den Mund auf und wollte schreien, brachte aber keinen Ton heraus. Beetje schluchzte immer noch.

Mit einem Schlag hatte sich die Stimmung geändert. Es fehlte nicht viel und man hätte sich nach Conrad umgesehen, Conrad, der tanzte, Conrad, den die Augen des Mörders belauerten.

Allein Jean Duclos ließ fallen:

»Das ist ungeheuerlich!«

Und da ihm niemand zuhörte, redete er mit sich selber, in der Hoffnung, Maigret würde ihn hören:

»Jetzt habe ich Ihre Methode begriffen, die allerdings nicht neu ist: den Schuldigen in Angst und Schrecken versetzen, ihn beeinflussen, ihn in die Atmosphäre des Verbrechens zurückversetzen, um ihn zu einem Geständnis zu zwingen. Es gab einige, die in einer solchen Situation wider Willen ihre Bewegungen wiederholten.«

Aber dies wurde nur undeutlich gemurmelt. Wer achtete in einem solchen Augenblick schon auf solche Worte?

Das Radio übertrug weiterhin Musik, die Stimmung wurde dadurch ein wenig lockerer.

Nachdem seine Frau ihm etwas ins Ohr geflüstert hatte, stand Wienands schüchtern auf.

»Ja, ja! Sie können gehen!«, sagte Maigret, bevor der andere den Mund aufmachen konnte.

Arme Madame Wienands, diese guterzogene Frau aus kleinbürgerlichen Verhältnissen, die sich von jedem verabschieden wollte, ihre Kinder grüßen lassen wollte und nicht wusste, wie sie es anstellen sollte, die Madame Popinga die Hand drückte und nicht wusste, was sie sagen sollte.

Auf dem Kamin stand eine Pendeluhr. Sie zeigte fünf Minuten nach zehn Uhr.

»Ist es noch nicht Zeit für den Tee?«, fragte Maigret.

»Doch!«, antwortete Any, stand auf und ging in die Küche.

»Entschuldigen Sie, Madame! Gingen Sie nicht mit Ihrer Schwester hinaus, um den Tee zu kochen?«

»Etwa später.«

»War sie in der Küche?«

Madame Popinga strich sich mit der Hand über die Stirn. Sie gab sich einen Ruck, um nicht in Apathie zu verfallen. Sie starrte verzweifelt auf das Radio.

»Ich weiß nicht mehr … Warten Sie! Ich glaube, Any kam aus dem Esszimmer, weil der Zucker dort im Schrank steht.«

»War Licht an?«

»Nein. Vielleicht doch … Nein! Ich glaube nicht.«

»Haben Sie nichts miteinander geredet?«

»Doch! Ich habe gesagt: ›Conrad darf nicht mehr weitertrinken, sonst beginnt er sich danebenzubenehmen!‹«

Maigret ging in den Flur, als die Wienands gerade die Haustür hinter sich zumachten. Die Küche war sehr hell und blitzsauber. Wasser kochte auf einem Gasherd. Any nahm den Deckel von der Teekanne.

»Sie brauchen keinen Tee zu machen.«

Sie waren allein. Any schaute ihn an.

»Warum haben Sie mich gezwungen, die Mütze aufzuheben?«, fragte sie.

»Das ist unwichtig. Kommen Sie.«

Niemand redete im Wohnzimmer, niemand rührte sich.

»Wollen Sie diese Musik eigentlich bis zum Schluss anlassen?«, entschloss sich Jean Duclos zu protestieren.

»Vielleicht … Es ist noch jemand da, den ich gern sehen möchte: das Dienstmädchen.«

Madame Popinga schaute Any an, und diese antwortete:

»Sie schläft. Sie geht immer um neun Uhr zu Bett.«

»Nun, dann sagen Sie ihr, sie solle einen Augenblick herunterkommen. Sie braucht sich nicht extra anzuziehen.«

Und mit derselben deklamierenden Stimme wie zu Anfang wiederholte er hartnäckig:

»Beetje, Sie haben mit Conrad getanzt. In der Ecke wurden ernsthafte Gespräche geführt. Und einer wusste, dass jemand sterben würde ... Einer wusste, dass dies Popingas letzter Abend war ...«

Man hörte Geräusche, Schritte, Türenschlagen im zweiten Stock des Hauses, wo nur die Dachzimmer lagen.

Gemurmel kam näher. Any kam zuerst herein. Im Flur blieb eine Gestalt stehen.

»Kommen Sie!«, brummte Maigret. »Sagen Sie ihr, sie braucht keine Angst zu haben, sie soll hereinkommen.«

Das Mädchen hatte ein weiches, großes, ausdrucksloses und verwirrtes Gesicht. Über ihrem Nachthemd aus kremfarbenem Molton, das bis zu den Füßen ging, hatte sie einen Mantel angezogen. Sie sah verschlafen aus, ihre Haare waren unordentlich. Sie roch nach warmem Bett.

Der Kommissar wandte sich an Duclos. »Fragen Sie sie, ob sie Popingas Geliebte war.«

Madame Popinga wandte gequält den Kopf ab. Der Satz wurde übersetzt. Das Hausmädchen schüttelte ganz energisch den Kopf.

»Wiederholen Sie die Frage! Fragen Sie, ob ihr Dienstherr nie etwas von ihr gewollt hat.«

Neuerlicher Protest.

»Sagen Sie ihr, sie kann ins Gefängnis kommen, wenn sie nicht die Wahrheit sagt! Hat er sie mal geküsst? Ging er manchmal auf ihr Zimmer, wenn sie dort war?«

Das Mädchen im Nachthemd fing plötzlich heftig zu weinen an und rief:

»Ich habe nichts getan! Ich schwöre, ich habe nichts getan.«

Duclos übersetzte. Mit zusammengekniffenen Lippen starrte Any das Dienstmädchen an.

»War sie seine Geliebte?«

Aber das Dienstmädchen war nicht imstande, etwas zu sagen. Sie widersprach. Sie weinte. Sie entschuldigte sich. Sie stotterte einige Worte, die halb von ihrem Schluchzen erstickt wurden.

»Ich glaube nicht!«, sagte schließlich der Professor. »So wie ich es verstehe, stellte er ihr nach. Wenn er allein mit ihr zu Hause war, strich er in der Küche herum. Er küsste sie. Einmal kam er in ihr Zimmer, als sie sich gerade anzog. Er schenkte ihr heimlich Schokolade. Aber nicht mehr!«

»Sie kann wieder schlafen gehen!«

Man hörte, wie das Mädchen die Treppe hinaufging. Etwas später lief sie in ihrem Zimmer hin und her. Maigret sagte zu Any:

»Würden Sie bitte nachsehen, was sie macht?«

Sie erfuhren es sehr schnell.

»Sie will sofort weg! Sie schämt sich! Sie will keine Stunde länger im Haus bleiben! Sie bittet meine Schwester um Entschuldigung… Sie sagt, sie gehe nach Groningen oder sonstwohin, aber sie will nicht länger in Delfzijl bleiben…«

Und Any fügte in gereiztem Ton hinzu:

»Wollten Sie das erreichen?«

Die Uhr zeigte zehn Uhr vierzig. Eine Stimme im Radio sagte:

Unsere Sendung ist beendet. Gute Nacht, meine Damen und Herren…

Dann war von fern, ganz gedämpft, Musik eines anderen Senders zu hören.

Maigret schaltete nervös ab, und jetzt war es plötzlich ganz still. Beetje weinte nicht mehr, verbarg aber das Gesicht in ihren Händen.

»Ging die Unterhaltung weiter?«, fragte der Kommissar spürbar müde.

Niemand antwortete. Die Gesichtszüge wirkten hier noch versteinerter als im Saal des Hotels Van Hasselt.

»Ich bitte Sie um Verzeihung für diesen unangenehmen Abend…«

Maigret wandte sich dabei vor allem an Madame Popinga.

»…aber vergessen Sie nicht, dass Ihr Mann noch am Leben war. Er war hier, ein bisschen beschwipst vom Cognac. Er hat sicher weitergetrunken.«

»Ja.«

»Er war verurteilt, verstehen Sie? Von jemand, der ihn beobachtete. Und andere, die in diesem Augenblick hier sitzen und sich weigern, das zu sagen, was sie wissen, machen sich zu Komplizen des Mörders!«

Barens bekam einen Schluckauf, fing an zu zittern.

»Nicht wahr, Cornelius?«, sagte Maigret geradeheraus und schaute ihn an.

»Nein! Nein! Es ist nicht wahr!«

»Warum zittern Sie dann?«

»Ich... ich...« Er war nahe daran, wieder zu weinen, wie auf dem Rückweg vom Bauernhof.

»Hören Sie mir zu! Es ist gleich die Zeit, zu der Beetje mit Popinga losgefahren ist. Sie sind gleich danach gegangen, Barens. Sie sind kurz hinter ihnen hergefahren. Sie haben etwas gesehen!«

»Nein! ... Es ist nicht wahr!«

»Warten Sie! Nachdem diese drei Personen gegangen waren, blieben nur noch Madame Popinga, Any und Professor Duclos hier im Haus. Diese drei Personen sind in den ersten Stock gegangen.«

Any nickte.

»Jeder ist in sein Zimmer gegangen, nicht wahr? ... Sagen Sie mir, was Sie gesehen haben, Barens!«

Er wand sich vergeblich. Maigret hielt ihn, der völlig aufgelöst war, mit seinem Blick fest.

»Nein! ... Nichts! ... Nichts!«

»Haben Sie nicht Oosting gesehen, der sich hinter einem Baum versteckt hielt?«

»Nein!«

»Und trotzdem sind Sie um das Haus gestrichen. Also haben Sie etwas gesehen!«

»Ich weiß nicht... Ich will nicht... Nein! Es ist unmöglich!«

Alle schauten ihn an. Er traute sich nicht, jemanden anzusehen. Und Maigret, unbarmherzig:

»Zuerst haben Sie auf dem Weg etwas gesehen. Die beiden waren mit ihren Rädern losgefahren und mussten an der Stelle vorbei, die vom Leuchtturm angestrahlt wurde. Sie waren eifersüchtig. Sie warteten. Und Sie mussten lange warten. Länger, als es der Wegstrecke entsprach.«

»Ja …«

»Anders ausgedrückt, das Pärchen hatte im Dunkeln bei den Holzstößen angehalten. Das allein entsetzte Sie nicht. Es machte Sie nur wütend oder verzweifelt. Also haben Sie etwas anderes, Schreckliches gesehen … Etwas, das jedenfalls so schrecklich war, dass Sie hierblieben, obwohl Sie eigentlich zurück in die Schule mussten … Sie standen in der Nähe des Holzstoßes. Sie konnten nur ein Fenster sehen …«

Mit einem Ruck richtete sich Barens auf und verlor die Fassung.

»Es ist unmöglich, dass Sie es wissen. Ich …«

»Das Fenster von Madame Popinga. Jemand stand an diesem Fenster. Jemand, der wie Sie gesehen haben muss, dass das Pärchen viel zu spät in den Lichtkegel des Leuchtturms fuhr, jemand, der also wusste, dass Beetje und Conrad lange im Dunkeln angehalten hatten.«

»Ich!«, sagte ganz deutlich Madame Popinga.

Und jetzt verlor Beetje die Nerven, schaute sie entsetzt mit weit aufgerissenen Augen an.

Entgegen allen Erwartungen stellte Maigret keine weiteren Fragen. Das machte die Stimmung noch gedrückter. Man hatte das Gefühl, dass man auf dem Höhepunkt der Spannung plötzlich innehielt.

Der Kommissar ging die Haustür öffnen und rief:

»Pijpekamp! Kommen Sie bitte! Oosting soll bleiben, wo er ist. Ich nehme an, Sie haben gesehen, dass bei Wienands das Licht an- und wieder ausging. Sie schlafen sicher.«

»Ja.«

»Und Oosting?«

»Er steht noch hinter dem Baum.«

Der Inspektor aus Groningen schaute sich erstaunt um. Alles war unbegreiflich ruhig. Und die Gesichter waren wie die Gesichter von Leuten, die nächtelang nicht geschlafen hatten.

»Bleiben Sie bitte einen Augenblick hier! Ich gehe mit Beetje hinaus, wie es Popinga getan hat. Madame Popinga geht in ihr Zimmer hinauf, ebenso Any und Professor Duclos. Ich möchte Sie bitten, sich genauso zu verhalten wie an jenem Abend.«

Und er drehte sich zu Beetje um:

»Kommen Sie.«

Draußen war es kühl. Maigret ging um das Haus herum, fand im Schuppen Popingas Fahrrad und zwei Damenfahrräder.

»Nehmen Sie eins.«

Während sie langsam auf dem Treidelweg in Richtung des Holzstoßes fuhren, fragte er:

»Wer hat den Vorschlag gemacht, anzuhalten?«

»Conrad.«

»War er immer noch lustig?«

»Nein. Sobald wir draußen waren, merkte ich, dass er traurig wurde.«

Sie waren schon bei dem Holzstoß angekommen.

»Steigen wir ab. Wurde er zärtlich?«

»Ja und nein … Er war traurig. Ich glaube, es kam vom Cognac. Zuerst war er dadurch lustig geworden … Hier hat er mich in den Arm genommen. Er hat mir gesagt, er sei sehr unglücklich und ich sei ein liebes kleines Mädchen. Ja, das hat er gesagt … dass ich ein liebes, kleines Mädchen sei, aber zu spät in sein Leben getreten sei und dass alles ein schlimmes Ende nehmen werde, wenn wir nicht aufpassen würden.«

»Die Räder?«

»Wir hatten sie hier angelehnt … Ich spürte, dass er am liebsten geweint hätte. Ich hatte ihn schon früher so erlebt, wenn er einmal abends etwas getrunken hatte … Er sagte, er sei ein Mann, für ihn sei das alles nicht so wichtig, dass aber ein Mädchen wie ich sein Leben nicht wegen eines Abenteuers aufs Spiel setzen sollte … Dann schwor er, dass er mich sehr gern hätte, und sagte, er habe nicht das Recht, mein Leben zu zerstören, dass Barens ein lieber Junge sei und ich bestimmt mit ihm glücklich werden würde.«

»Dann?«

Sie atmete schwer. Sie brach in Schluchzen aus.

»Ich habe geschrien, er sei ein Feigling, und wollte wieder aufs Fahrrad steigen.«

»Was hat er getan?«

»Er hielt die Lenkstange fest. Er wollte mich nicht fahren lassen. Er sagte: ›Lass es dir erklären. Es ist nicht meinetwegen … Es ist …‹«

»Was hat er erklärt?«

»Nichts! Weil ich ihm gesagt habe, ich würde schreien, wenn er mich nicht losließe. Er hat dann losgelassen, und ich hab in die Pedale getreten. Er fuhr mir hinterher und redete immer noch, aber ich fuhr schneller. Ich hörte nur: ›Beetje, Beetje! Hör doch einen Augenblick zu!‹«

»Ist das alles?«

»Als er sah, dass ich am Holzzaun angekommen war, kehrte er um. Ich habe mich noch einmal umgedreht. Ich habe gesehen, wie er sich über sein Fahrrad beugte und traurig war.«

»Und Sie sind hinterhergefahren?«

»Nein! Ich hasste ihn, weil er wollte, dass ich Barens heirate. Er wollte seine Ruhe haben, nicht wahr? Doch als ich die Haustür aufmachte, merkte ich, dass ich meinen Schal verloren hatte. Noch konnte ich ihn wiederfinden. Ich bin noch einmal losgefahren, um ihn zu suchen. Ich bin niemandem begegnet. Aber als ich schließlich nach Hause kam, war mein Vater nicht da... Er kam später. Er hat mich nicht begrüßt. Er war blass, schaute böse. Ich dachte, er habe uns beobachtet und sei vielleicht hinter dem Holzstoß versteckt gewesen.

Am nächsten Tag hat er wohl mein Zimmer durchsucht. Er hat Conrads Briefe gefunden, denn seitdem habe ich sie nicht mehr gesehen. Dann hat er mich eingeschlossen.«

»Kommen Sie!«

»Wohin?«

Er antwortete nicht. Er fuhr zum Haus der Popingas. Das Fenster von Madame Popinga war erleuchtet, aber sie war nicht zu sehen.

»Glauben Sie, sie ist es gewesen?«

Der Kommissar murmelte vor sich hin:

»Er ist zurückgekommen, unruhig. Er ist abgestiegen,

sicher an dieser Stelle. Er ging ums Haus und hielt sein Rad an der Lenkstange. Er fühlte, dass es mit seiner inneren Ruhe vorbei war, aber er war nicht imstande, mit seiner Geliebten zu fliehen…«

Und plötzlich gebieterisch:

»Bleiben Sie dort stehen, Beetje!«

Er lenkte das Rad entlang der Straße, die ums Haus führte. Er kam auf den Hof, ging zum Schuppen, in dem das glänzende Boot wie eine lange Spindel lag. Das Fenster bei Jean Duclos war erleuchtet. Es war anzunehmen, dass der Professor an seinem kleinen Tisch saß. Zwei Meter daneben das Badezimmerfenster, halb offen, aber dunkel.

»Er hatte es sicher nicht eilig, nach Hause zu kommen«, redete Maigret weiter vor sich hin. »Er beugte sich vor, um sein Rad unter das Dach zu schieben…«

Er zögerte. Es sah aus, als ob er auf etwas warten würde. Und es geschah tatsächlich etwas, aber etwas vollkommen Unerwartetes: oben am Badezimmerfenster ein ganz leises metallisches Geräusch – das Abdrücken eines ungeladenen Revolvers.

Und gleich darauf hörte man ein eigenartig dumpfes Geräusch von zwei Körpern, die zu Boden fielen.

Maigret rannte durch die Küche ins Haus, in den ersten Stock, stieß die Tür zum Bad auf und machte Licht.

Zwei Körper wälzten sich auf dem Boden: Inspektor Pijpekamp und Barens, der als Erster still liegen blieb, seine rechte Hand öffnete und den Revolver fallen ließ.

11

Das erleuchtete Fenster

»Dummkopf!«

Das war das Erste, was Maigret sagte, als er Barens buchstäblich vom Boden auflas und auf die Füße stellte. Er hielt ihn einen Augenblick, denn sonst wäre der junge Mann sicher gleich wieder umgefallen. Türen gingen auf. Maigret donnerte:

»Gehen Sie bitte alle hinunter!«

Er hatte den Revolver in der Hand und nahm sich nicht besonders in Acht, denn er hatte ihn höchstselbst statt mit richtigen Kugeln mit blinder Munition geladen.

Pijpekamp wischte seine staubige Jacke mit dem Handrücken ab. Jean Duclos zeigte auf Barens und fragte:

»Ist er es gewesen?«

Der junge Kadett der Marineschule sah erbärmlich aus, nicht wie ein großer Verbrecher, sondern wie ein Schüler, der bei einem dummen Streich ertappt wurde. Er wagte niemanden anzuschauen. Er wusste weder, was er mit seinen Händen anfangen sollte, noch, wohin er blicken sollte.

Maigret machte die Lampen im Wohnzimmer an. Any kam zuletzt herein. Madame Popinga lehnte es ab, sich zu setzen, und man sah, wie ihre Knie unter ihrem Kleid zitterten.

Zum ersten Mal war der Kommissar verlegen. Er stopfte

seine Pfeife, zündete sie an, ließ sie ausgehen, setzte sich in einen Sessel, um aber gleich wieder aufzustehen.

»Ich habe mich in einen Fall eingemischt, der mich nichts anging!«, sagte er sehr schnell. »Ein Franzose wurde verdächtigt, und man hat mich hergeschickt, um die Sache aufzuklären.«

Er steckte seine Pfeife wieder an, um Zeit zum Nachdenken zu gewinnen. Er wandte sich an Pijpekamp:

»Beetje ist draußen, ihr Vater und Oosting ebenfalls. Sagen Sie ihnen, sie sollen entweder nach Hause gehen oder hereinkommen... Das kommt darauf an... Möchten Sie die Wahrheit erfahren?«

Der Inspektor ging zur Tür. Ein paar Augenblicke später kam Beetje herein, bescheiden und schüchtern, dann Oosting, starrköpfig, und schließlich, an der Seite von Pijpekamp, der blasse, zornige Bauer Liewens.

Dann öffnete Maigret die Tür zum Esszimmer. Man hörte, wie er etwas in einem Schrank suchte. Als er zurückkam, hatte er eine Flasche Cognac und ein Glas in der Hand.

Er trank als Einziger. Er war schlecht gelaunt. Alle standen um ihn herum, und er schien eingeschüchtert.

»Wollen Sie es wissen, Pijpekamp?«

Und übergangslos:

»Schade, nicht wahr!... Ja, schade, wenn Ihre Methode die richtige ist!... Wir kommen aus verschiedenen Ländern, sind nicht aus demselben Holz geschnitzt. Und das Klima ist anders hier... Als Sie ein Familiendrama witterten, stürzten Sie sich auf die erste Aussage, die Ihnen eine Einordnung des Falls erlaubte: Verbrechen eines ausländischen Matrosen. Für das öffentliche Wohl ist das vielleicht vorzuziehen. Nur kein Skandal! Nur kein schlechtes Vorbild für das Volk! Doch ich sehe immer Popinga hier vor mir, wie er das Radio anmacht und unter den Augen des Mörders tanzt…«

Er brummte, ohne dabei jemanden anzusehen:

»Der Revolver ist im Bad gefunden worden. Also kam der Schuss aus dem Haus. Denn es ist idiotisch zu glauben, dass der Täter nach der Tat die Geistesgegenwart besaß, auf ein halboffenes Fenster zu zielen und die Waffe hineinzuwerfen… Und auch noch eine Mütze in die Badewanne und einen Zigarrenstummel in das Esszimmer zu legen!«

Er ging auf und ab, vermied dabei immer noch, seine Zuhörer anzusehen. Oosting und Liewens, die ihn nicht verstanden, schauten ihn unverwandt an, um den Sinn seiner Ausführungen zu erraten.

»Diese Mütze, dieser Zigarrenstummel und schließlich die Waffe aus Popingas Nachttisch… das ist zu viel. Verstehen Sie! Man wollte zu viel beweisen. Man wollte die Karten zu sehr mischen. Ein Oosting oder irgendjemand anders, der von draußen gekommen wäre, hätte vielleicht die Hälfte der Indizien hinterlassen, aber nicht alle! Also geschah es mit Vorbedacht, mit dem Vorsatz, der Strafe zu entgehen…

Man braucht die möglichen Täter nur noch der Reihe nach auszuschalten… Der Baes kommt als Erster nicht als Täter in Frage. Aus welchem Grund sollte er zuerst in das Esszimmer gehen, dort seine Zigarre liegenlassen, ins Zimmer hinaufgehen, einen Revolver holen und schließlich seine Mütze in die Badewanne legen?

Dann scheidet Beetje aus: Beetje, die im Lauf des Abends nicht in den ersten Stock gegangen ist, also die Mütze nicht dorthin legen konnte, sie auch nicht vom Deck stehlen konnte, denn sie ging neben Popinga.

Ihr Vater hätte ihn töten können, nachdem er sie mit ihrem Liebhaber überrascht hatte. Aber zu dem Zeitpunkt war es zu spät, als dass er noch ins Bad hinauf hätte gehen können.

Bleibt Barens… Er ist ebenfalls nicht hinaufgegangen. Er hat die Mütze nicht gestohlen. Er war eifersüchtig auf seinen Lehrer, aber eine Stunde vorher besaß er noch gar keine Gewissheit.«

Maigret schwieg, leerte seine Pfeife, indem er sie ohne Rücksicht auf den Teppich am Absatz ausklopfte.

»Das ist ungefähr alles. Es bleibt uns die Wahl zwischen Madame Popinga, Any und Jean Duclos. Gegen keinen der drei liegt ein Beweis vor. Aber allen dreien wäre es möglich gewesen, die Tat auszuführen. Jean Duclos kam mit dem Revolver in der Hand aus dem Bad. Man kann das als Beweis für seine Unschuld nehmen… Doch als er mit Madame Popinga aus der Stadt zurückkam, konnte er die Mütze nicht stehlen. Genauso wenig wie Madame Popinga, die neben ihm ging.

Die Mütze konnte nur von der letzten Gruppe gestohlen werden: Barens oder Any. Und vorhin wurde bewiesen, dass Any einen Augenblick allein bei Oostings Schiff geblieben ist…

Ich rede nicht von der Zigarre. Es genügt, sich irgendwo zu bücken und einen alten Stummel aufzuheben.

Von all denen, die am Abend des Mordes hier waren, ist

Any die Einzige, die ohne Zeugen oben geblieben ist und die außerdem ins Esszimmer gehen konnte.

Aber für den Mord hat sie das beste Alibi von allen...«

Und Maigret, der immer noch jedem Blick auswich und die anderen nicht ansah, legte die von Duclos skizzierten Pläne auf den Tisch.

»Any kann das Bad nur über das Zimmer ihrer Schwester oder über das des Franzosen erreichen. Eine Viertelstunde vor dem Mord ist sie in ihrem Zimmer. Wie kommt sie ins Badezimmer? *Woher hat sie die Gewissheit, im entscheidenden Augenblick durch eines der beiden Zimmer gehen zu können?* Vergessen Sie nicht, dass sie nicht nur Jura, sondern auch Werke der Kriminologie studiert hat. Sie hat mit Duclos darüber gesprochen, sie haben beide von der Möglichkeit des perfekten, straflosen Verbrechens gesprochen...«

Any stand kerzengerade und leichenblass da, behielt aber trotzdem ihre Kaltblütigkeit.

»Ich muss etwas einfügen. Ich bin der Einzige hier, der Popinga nicht gekannt hat. Ich musste mir aufgrund der Zeugenaussagen ein Bild von ihm machen: Er war ein Genießer, scheute vor jeder Verantwortung zurück und distanzierte sich von den etablierten Moralvorstellungen. Er hat Beetje in feuchtfröhlicher Laune geküsst. Sie ist seine Geliebte geworden... Vor allem, weil sie es wollte! Ich habe vorhin das Dienstmädchen gefragt; er hat auch sie geküsst, einfach so, im Vorbeigehen. Aber er ist nicht weitergegangen, weil er nicht eigens dazu ermuntert wurde! Anders ausgedrückt, er möchte alle Frauen haben. Er begeht kleine Unvorsichtigkeiten. Er stiehlt sich hier einen Kuss, dort eine kleine Liebkosung... Aber immer ist er auf seine Sicherheit bedacht.

Er war Kapitän auf Überseestrecken. Er hat den Zauber des kurzen Landurlaubs an Orten, die man nie mehr wiedersieht, erlebt. Aber jetzt ist er Beamter Ihrer Majestät, und er hängt ebenso sehr an seiner Stellung wie an seinem Haus, an seinem Heim, an seiner Frau.

Das Ganze ist ein Kompromiss zwischen Begierde und Selbstkontrolle, zwischen Leichtsinn und Vernunft!

Beetje mit ihren achtzehn Jahren hat ihn nicht verstanden und geglaubt, er würde mit ihr fortgehen. Any lebte in seinem Haus. Hübsch ist sie nicht, aber was soll's, sie ist eine Frau. Das ist das Geheimnis. Eines Tages...«

Die Stille um ihn herum war bedrückend.

»Ich behaupte nicht, dass er ihr Geliebter wird. Aber dass er auch bei ihr unvorsichtig geworden ist. Sie hat es für bare Münze genommen. Sie hat sich in ihn verliebt... war in ihrer Liebe nur nicht so blind wie Madame Popinga.

So haben sie alle drei zusammengelebt. Madame Popinga vertraute ihm. Any war verschlossener, leidenschaftlicher, eifersüchtiger, empfindlicher...

Sie ahnte etwas von seinem Verhältnis zu Beetje. Sie fühlte die Rivalin. Vielleicht hat sie die Briefe gesucht und gefunden... Sie nahm es hin, den Mann mit der Schwester zu teilen! Nicht aber mit diesem jungen und hübschen Mädchen, mit dem er fliehen wollte.

Sie beschloss, ihn zu töten.«

Und Maigret kam zum Ende:

»Das ist alles! Eine Liebe, die sich in Hass verwandelt! Eine Hassliebe! Ein kompliziertes, ungezügeltes Gefühl, das zu allem befähigt! Sie hat beschlossen, ihn zu töten. Sie hat es kalt und berechnend beschlossen. Zu töten, ohne den geringsten Verdacht auf sich zu lenken …

Und der Professor hat an jenem Abend ausgerechnet vom ungestraften Verbrechen, von wissenschaftlich vorgehenden Mördern gesprochen …

Sie ist ebenso stolz auf ihre Intelligenz wie leidenschaftlich. Sie hat das vollkommene Verbrechen begangen, ein Verbrechen, das unvermeidlich einem Landstreicher zur Last gelegt werden wird. Die Mütze … Die Zigarre … Und das einwandfreie Alibi: Sie konnte ihr Zimmer nur verlassen und ihre Tat ausführen, indem sie durch das Zimmer ihrer Schwester oder durch das des Franzosen ging.

Während des Vortrags hat sie Hände gesehen, die sich suchten. Auf dem Weg ging Popinga neben Beetje. Sie haben getrunken und getanzt. Sie sind zusammen auf den Rädern weggefahren …

Sie musste nur noch Madame Popinga an ihrem Fenster festhalten, den Argwohn in ihr wecken …

Und während man sie in ihrem Zimmer glaubte, konnte sie, schon im Unterkleid, hinter dem Rücken ihrer Schwester vorbei. Alles war vorbereitet. Sie gelangte ins Bad. Sie hat geschossen. Der Deckel der Badewanne war abgenommen. Dort lag die Mütze. Sie brauchte nur noch hineinzusteigen …

Nach dem Schuss kam Duclos herein, fand die Waffe auf dem Fensterbrett, ist hinausgestürzt und mit Madame Popinga, der er auf dem Flur begegnete, hinuntergelaufen. Any, schon bereit und halb ausgezogen, ging ihnen nach … Wer konnte ahnen, dass sie nicht aus ihrem Zimmer kam, dass sie nicht fassungslos war, sie, deren Prüderie legendär war und die sich nun in diesem Aufzug zeigte!

Kein Mitleid! Keine Gewissensbisse! Ein solcher Hass aus Liebe erstickt alle anderen Gefühle. Nur der Wille zu triumphieren existiert.

Oosting, der gesehen hatte, wie seine Mütze gestohlen wurde, hat geschwiegen. Aus Respekt vor dem Toten und aus Liebe zur Ordnung. Es sollte keinen Skandal um Popingas Tod geben! Er hat Barens sogar eine Aussage diktiert, die glauben machen sollte, dass ein unbekannter Matrose das Verbrechen begangen hat.

Liewens, der sah, dass seine Tochter nach Hause kam, nachdem Popinga sie heimgebracht hatte, und der am nächsten Tag die Briefe las, glaubte an Beetjes Schuld, hat sie eingeschlossen, hat sich geweigert, die Wahrheit herauszufinden.

Als er vorhin annahm, ich würde sie verhaften, hat er versucht, sich zu töten.

Und schließlich Barens ... Barens, der alle verdächtigte, sich gegen das Geheimnis wehrte und sich selber verdächtigt fühlte.

Barens, der Madame Popinga an ihrem Fenster gesehen hatte ... War nicht sie es, die geschossen hatte, nachdem sie entdeckt hatte, dass sie betrogen wurde?

Er wurde hier wie ein eigenes Kind behandelt. Als Halbwaise hatte er in ihr eine neue Mutter gefunden.

Er wollte sich opfern. Er wollte sie decken ... Man hatte ihn bei der Rollenverteilung vergessen. Er holte den Revolver und ging ins Badezimmer. Er wollte schießen ... *den einzigen Menschen töten, der die Wahrheit wusste, und dann sich selber töten!*

Ein armer tapferer Kerl, großmütig, wie man es nur mit achtzehn ist.

Das ist alles! ... Wann fährt ein Zug nach Frankreich?«

Keiner machte den Mund auf. Alle standen starr vor Entsetzen, vor Angst, vor Furcht und Schrecken da. Schließlich sagte Jean Duclos:

»Sie haben es ja weit gebracht!«

Indessen ging Madame Popinga hinaus, steif wie ein Automat, und wenig später fand man sie mit einem Herzanfall auf ihrem Bett.

Any hatte sich nicht gerührt. Pijpekamp versuchte etwas aus ihr herauszubekommen:

»Haben Sie dazu etwas zu sagen?«

»Ich rede erst in Gegenwart des Untersuchungsrichters.«

Sie war kreidebleich. Tiefe Ringe zogen sich unter ihren Augen hin.

Nur Oosting blieb ruhig, schaute Maigret aber vorwurfsvoll an.

Und um fünf Uhr morgens nahm der Kommissar ganz allein den Zug auf dem kleinen Bahnhof von Delfzijl. Niemand hatte ihn begleitet. Niemand hatte ihm gedankt. Nicht einmal Duclos, der behauptete, er könne erst mit dem nächsten Zug fahren!

Es wurde Tag, als der Zug über eine Brücke, einen Kanal fuhr. Schiffe warteten mit schlaffen Segeln. Ein Beamter stand bereit, um die Brücke zu drehen, sobald der Zug passiert hatte.

Erst zwei Jahre später traf der Kommissar Beetje in Paris wieder, die einen Vertreter einer holländischen Lampenfabrik geheiratet hatte und dicker geworden war. Sie errötete, als sie ihn erkannte. Sie erzählte ihm, sie habe zwei Kinder, sei aber nicht allzu glücklich.

»Und Any?«, fragte er sie.

»Wissen Sie das nicht? Alle Zeitungen in Holland haben darüber berichtet. Sie hat sich am Tag, als der Prozess beginnen sollte, mit einer Gabel umgebracht, ein paar Minuten bevor sie vor Gericht erscheinen sollte.«

Und sie sagte noch:

»Besuchen Sie uns doch! Avenue Victor Hugo 28. Warten Sie aber nicht zu lange, denn nächste Woche fahren wir in die Schweiz zum Skifahren.«

An jenem Tag fand Maigret dauernd einen Grund, seine Inspektoren anzubrüllen.

Morsang, an Bord der ›Ostrogoth‹, Mai 1931

Bitte beachten Sie
auch die folgenden Seiten

Georges Simenon
Maigret-Gesamtausgabe in 75 Bänden

in chronologischer Reihenfolge
und in revidierten Übersetzungen

Kommissar Jules Maigret ist vermutlich die einzige Figur aus der modernen Literatur, der ein Denkmal gesetzt wurde. Es steht in Delfzijl in den Niederlanden, wo Simenon Maigret 1929 an Bord seines Bootes ›Ostrogoth‹ und auf einer Café-Terrasse erfand.
Der Diogenes Verlag, der Simenon seit 1974 verlegt und als einziger Verlag außerhalb Frankreichs Simenons gesamtes Roman- und Erzählwerk im Programm hat, möchte Kommissar Maigret zum 80. »Geburts«-Tag 2009 ebenfalls ein Denkmal setzen. Zum ersten Mal sind dann alle Maigret-Romane in revidierter Übersetzung lieferbar.
Ausstattung: Pappband mit Pariskarte als Vor- und Nachsatz bzw. mit einer Pariskarte als Vor- und einer Frankreichkarte als Nachsatz sowie mit einem Lesebändchen.

»Schönes Gefühl: Es gibt 75 Maigret-Romane, und ich habe höchstens 50 gelesen. Maigret zu lesen, hat etwas Beruhigendes: Man betritt eine vertraute Welt, die, weil sie in Büchern enthalten ist, immer zur Verfügung steht ... Von Geschichten über diesen Mann kann ich nie genug kriegen.« *Axel Hacke / Die Weltwoche, Zürich*

»Simenons Maigret-Romane sind außergewöhnlich: hart, mit wenig Hoffnung, plötzlich gewalttätig und gleichzeitig voller Schuld und Bitterkeit, mit toller Atmosphäre (wie Simenon einen Schauplatz schildert, ist unübertroffen), zutiefst unsentimental, beklemmend, weil schonungslos, und gleichzeitig äußerst unterhaltend. Sie haben sogar größere philosophische Tiefe als Camus oder Sartre und sind viel weniger selbstverliebt.«
John Banville / The Daily Telegraph, London

»Maigret-Romane enden nicht auf der letzten Seite. Unbeirrbar steuert die Geschichte auf ihr schlechtes Ende zu, das Recht siegt, aber Gerechtigkeit sieht anders aus. Also ist Maigret unzufrieden, also ist der Leser unzufrieden, also wollen beide mehr, warten auf den nächsten Fall, den nächsten Mord, den nächsten Beweis, dass die Welt nicht fair ist.«
Konrad Heidkamp / Die Zeit, Hamburg

»Kommissar Maigret – ein Mythos. Er ist der erfolgreichste literarische Kommissar aller Zeiten, der meistermittelnde, meistkopierte, meistverfilmte. Maigret schlägt alle: Sherlock Holmes, Miss Marple, Hercule Poirot, auch die aktuellen Ermittler Brunetti, Wallander & Co., erst recht die hyperaktiven TV-Fahnder aus Actionserien. 75 Fälle hat der Mann mit Pfeife, Hut und Samtkragen-Überzieher erfolgreich gelöst.«
Susanne Kunckel / Welt am Sonntag, Berlin

Maigret und Pietr der Lette
Roman. Aus dem Französischen von Wolfram Schäfer

Maigret und der verstorbene Monsieur Gallet
Roman. Deutsch von Roswitha Plancherel

Maigret und der Gehängte von Saint-Pholien
Roman. Deutsch von Sibylle Powell

Maigret und der Treidler der ›Providence‹
Roman. Deutsch von Claus Sprick

Maigret kämpft um den Kopf eines Mannes
Roman. Deutsch von Rowitha Plancherel

Maigret und der gelbe Hund
Roman. Deutsch von Raymond Regh

Maigrets Nacht an der Kreuzung
Roman. Deutsch von Annerose Melter

Maigret und das Verbrechen in Holland
Roman. Deutsch von Renate Nickel

Maigret am Treffen der Neufundlandfahrer
Roman. Deutsch von Annerose Melter

Maigret und der Spion
Roman. Deutsch von Hainer Kober

Maigret und die kleine Landkneipe
Roman. Deutsch von Bernhard Jolles und Heide Bideau

Maigret und das Schattenspiel
Roman. Deutsch von Claus Sprick

Maigret und die Affäre Saint-Fiacre
Roman. Deutsch von Werner De Haas

Maigret bei den Flamen
Roman. Deutsch von Claus Sprick

Maigret und der geheimnisvolle Kapitän
Roman. Deutsch von Annerose Melter

Maigret und der Verrückte von Bergerac
Roman. Deutsch von Hainer Kober

Maigret in der Liberty Bar
Roman. Deutsch von Angela Glas

Maigret in Nöten
Roman. Deutsch von Markus Jakob

Maigret und sein Neffe
Roman. Deutsch von Ingrid Altrichter

Maigret und die Keller des ›Majestic‹
Roman. Deutsch von Linde Birk

Maigret im Haus des Richters
Roman. Deutsch von Lieselotte Julius

Maigret verliert eine Verehrerin
Roman. Deutsch von Ingrid Altrichter

Maigret contra Picpus
Roman. Deutsch von Hainer Kober

Maigret und sein Rivale
Roman. Deutsch von Ingrid Altrichter

Maigret und das Dienstmädchen
Roman. Deutsch von Hainer Kober

Maigret regt sich auf
Roman. Deutsch von Wolfram Schäfer

Maigret in New York
Roman. Deutsch von Henriette Bonhoeffer

Maigret macht Ferien
Roman. Deutsch von Markus Jakob

Maigret und sein Toter
Roman. Deutsch von Elfriede Riegler

Maigrets erste Untersuchung
Roman. Deutsch von Roswitha Plancherel

Mein Freund Maigret
Roman. Deutsch von Annerose Melter

Maigret in Arizona
Roman. Deutsch von Wolfram Schäfer

Maigret und die alte Dame
Roman. Deutsch von Renate Nickel

Madame Maigrets Freundin
Roman. Deutsch von Roswitha Plancherel

Maigrets Memoiren
Roman. Deutsch von Roswitha Plancherel

Maigret, die Tänzerin und die Gräfin
Roman. Deutsch von Hainer Kober

Maigret als möblierter Herr
Roman. Deutsch von Wolfram Schäfer

Maigret und die Bohnenstange
Roman. Deutsch von Guy Montag

Maigret, Lognon und die Gangster
Roman. Deutsch von Wolfram Schäfer

Maigret und sein Revolver
Roman. Deutsch von Ingrid Altrichter

Maigret und der Mann auf der Bank
Roman. Deutsch von Annerose Melter

Maigret hat Angst
Roman. Deutsch von Elfriede Riegler

Hier irrt Maigret
Roman. Deutsch von Elfriede Riegler

Maigret und die schrecklichen Kinder
Roman. Deutsch von Paul Celan

Maigret und die junge Tote
Roman. Deutsch von Raymond Regh

Maigret und der Minister
Roman. Deutsch von Annerose Melter

Maigret und die kopflose Leiche
Roman. Deutsch von Wolfram Schäfer

Maigret stellt eine Falle
Roman. Deutsch von Angela Glas

Maigret erlebt eine Niederlage
Roman. Deutsch von Elfriede Riegler

Maigret amüsiert sich
Roman. Deutsch von Renate Nickel

Maigret auf Reisen
Roman. Deutsch von Ingrid Altrichter

Maigret hat Skrupel
Roman. Deutsch von Ingrid Altrichter

Maigret und die widerspenstigen Zeugen
Roman. Deutsch von Wolfram Schäfer

Maigrets Geständnis
Roman. Deutsch von Roswitha Plancherel

Maigret vor dem Schwurgericht
Roman. Deutsch von Wolfram Schäfer

Maigret und die alten Leute
Roman. Deutsch von Annerose Melter

Maigret und der faule Dieb
Roman. Deutsch von Stefanie Weiss

Maigret und die braven Leute
Roman. Deutsch von Ingrid Altrichter

Maigret und der Samstagsklient
Roman. Deutsch von Angelika Hildebrandt-Essig

Maigret und der Clochard
Roman. Deutsch von Josef Winiger

Maigret gerät in Wut
Roman. Deutsch von Wolfram Schäfer

Maigret und das Gespenst
Roman. Deutsch von Barbara Heller

Maigret verteidigt sich
Roman. Deutsch von Wolfram Schäfer

Maigret lässt sich Zeit
Roman. Deutsch von Sibylle Powell

Maigret und der Fall Nahour
Roman. Deutsch von Sibylle Powell

Maigret in Künstlerkreisen
Roman. Deutsch von Ursula Vogel

Maigret in Kur
Roman. Deutsch von Irène Kuhn

Maigret zögert
Roman. Deutsch von Annerose Melter

Maigret und sein Jugendfreund
Roman. Deutsch von Markus Jakob

Maigret und der Messerstecher
Roman. Deutsch von Josef Winiger

Maigret und der Weinhändler
Roman. Deutsch von Hainer Kober

Maigret und die verrückte Witwe
Roman. Deutsch von Michael Mosblech

Maigret und der einsame Mann
Roman. Deutsch von Ursula Vogel

Maigret und der Spitzel
Roman. Deutsch von Inge Giese

Maigret und Monsieur Charles
Roman. Deutsch von Renate Heimbucher-Bengs

Sämtliche Maigret-Geschichten
Deutsch von Ingrid Altrichter, Inge Giese,
Eva Schönfeld, Josef Winiger u.v.a.
Leinenband im Schuber

Außerdem lieferbar:

Der Maigret-Marathon
Ein Selbstversuch in 75 FAZ-Kolumnen
von Tilman Spreckelsen

Robert J. Courtine
Simenon und Maigret bitten zu Tisch
Die klassischen französischen Bistrorezepte
der Madame Maigret
Aus dem Französischen
von Pierre F. Sommer

Georges Simenons Kommissar Maigret im Diogenes Hörbuch

»Schönes Gefühl: Es gibt 75 Maigret-Romane, und ich habe höchstens 50 gelesen. Maigret zu lesen, hat etwas Beruhigendes: Man betritt eine vertraute Welt, die, weil sie in Büchern enthalten ist, immer zur Verfügung steht... Von Geschichten über diesen Mann kann ich nie genug kriegen.«
Axel Hacke / Die Weltwoche, Zürich

Maigret und Pietr der Lette
Roman. Aus dem Französischen von Wolfram Schäfer
Ungekürzte Lesung. 4 CD
Gelesen von **Gert Heidenreich**

Maigret als möblierter Herr
Roman. Deutsch von Wolfram Schäfer
Ungekürzte Lesung. 4 CD
Gelesen von **Gert Heidenreich**

Maigret und die junge Tote
Roman. Deutsch von Raymond Regh
Ungekürzte Lesung. 4 CD
Gelesen von **Gert Heidenreich**

Maigret und der gelbe Hund
Roman. Deutsch von Raymond Regh
Ungekürzte Lesung. 4 CD
Gelesen von **Friedhelm Ptok**

Maigret kämpft um den Kopf eines Mannes
Roman. Deutsch von Roswitha Plancherel
Ungekürzte Lesung. 4 CD
Gelesen von **Friedhelm Ptok**

Maigret und die alte Dame
Roman. Deutsch von Renate Nickel
Ungekürzte Lesung. 4 CD
Gelesen von **Friedhelm Ptok**

Weihnachten mit Maigret
Roman. Deutsch von Hans-Joachim Hartstein
Ungekürzte Lesung. 2 CD
Gelesen von **Hans Korte**

Maigrets Pfeife
Erzählung aus dem Band *Meistererzählungen.* Deutsch von Lislott Pfaff
Ungekürzte Lesung. 2 CD
Gelesen von **Jörg Kaehler**

Maigret und der Weinhändler
Roman. Deutsch von Hainer Kober
Ungekürzte Lesung. 4 CD
Gelesen von **Gert Heidenreich**

Maigret und die Keller des ›Majestic‹
Roman. Deutsch von Linde Birk
Ungekürzte Lesung. 4 CD
Gelesen von **Friedhelm Ptok**

Fünf Fälle für Maigret
Fünf Erzählungen aus dem Band *Sämtliche Maigret-Geschichten.* Deutsch von Hainer Kober, Elfriede Riegler und Linde Birk
Ungekürzte Lesung. 4 CD
Gelesen von **Edgar M. Böhlke, Gert Heidenreich** und **Friedhelm Ptok**

Simenon auf der Couch
Fünf Ärzte verhören den Autor sieben Stunden lang

Aus dem Französischen von Irène Kuhn
Mit einer Vita in 43 Bildern,
einer Bibliographie und Filmographie

Normalerweise läßt Georges Simenon seinen weltberühmten Kommissar Maigret die Fragen stellen – doch in diesem Fall wird der Spieß umgedreht: Simenon selbst steht fünf Ärzten Rede und Antwort, die nicht zuletzt die Frage beschäftigt, wie ein Autor so psychologisch genau zu schreiben vermag und wie Simenon es schafft, sich – wie kein anderer – in die Haut seiner Figuren hineinzuversetzen.
Sieben Stunden lang haben sie den journalistenscheuen Vater des Maigret ›auf der Couch‹ festgehalten und zum Reden gebracht: Das Ergebnis ist ein Porträt des Autors als selbstverhinderter Clochard. Simenon erzählt von seiner Kindheit, seinen Frauen, seiner Disziplin und von seiner Art zu schreiben.

»Ich habe schon ein paar tausend Interviews gegeben, aber keines hat mich so beeindruckt wie das heutige, aus dem eine wahre Diskussion wurde.«
Georges Simenon

»Jeder Künstler hat eine Persönlichkeit; seine eigene Brille, durch die er die Welt sieht; an dieser Brille erkennt man ihn und fällt seine Entscheidung für oder wider das Werk. Simenons Brille, so könnte man sagen, ist aus reinem Glas, sie verzerrt nichts. Und es ist interessant, daß er einer der meistgelesenen Autoren ist. Offensichtlich zieht das Publikum die unverfälschten Fakten vor.« *Patricia Highsmith*

»Kein Krimi, aber für Krimifreunde ein Muß.«
Das Magazin, Berlin

Georges Simenon
Als ich alt war

Tagebücher 1960–1963
Aus dem Französischen
von Linde Birk

Mit zunehmendem Alter widmete sich Simenon immer mehr autobiographischen Arbeiten. Seine Tagebücher geben Aufschluß über den Menschen hinter seinen Romanen. Simenon macht sich selbst zur Romanfigur und erforscht – gemeinsam mit dem Leser – sein Leben und sein Schreiben.

»In den Tagebüchern habe ich einen reifen Mann vor mir, einen Mann, der von allen Dingen des Lebens gekostet und Wesentliches dabei gelernt hat. Er ist ein Mensch, der seine Zukunft und seinen Lebensbereich völlig klar sieht, der weder verurteilt noch verdammt, der immer mit dem Lebensrhythmus im Einklang steht.« *Henry Miller*

»Wer im 21. Jahrhundert erfahren will, wie im 20. Jahrhundert tatsächlich gefühlt worden ist, muß Simenon lesen. Andere Autoren mögen mehr wissen über die Gesellschaft. Über den einzelnen Menschen weiß keiner so viel wie er.« *Georg Hensel*

PARC MONCEAU
MUSÉE CERNUSCHI
MUSÉE MUSICAL
GARE ST-LAZARE
EGL. RUSSE
SALLE PLEYEL
EGL. CATH. ANGLAISE ST-JOSEPH
HOTEL ROYAL MONCEAU
MUSÉE JACQUEMART
ST AUGUSTIN
LYCÉE RACINE
HOTEL CONCORDE ST-LAZARE
LYCÉE CONDORCET
St LOUIS D ANTIN
Printemps
BOULEVARD HAUSSMANN
AV. DE FRIEDLAND
ARC DE TRIOMPHE DE L'ÉTOILE
St PHILIPPE DU ROULE
Th. des Mathurins
Th. Michel
MUSÉE DE L'OPÉRA
Lido
HOTEL LE WARWICK
MINIST. DE L'INTÉRIEUR
HOTEL BRISTOL
HÔTEL BEDFORD
Th. de l'Athénée (Louis Jouvet)
Olympia
EGLISE ANGLAISE
Th. de la Madeleine
ÉGL. DE LA MADELEINE
Th. des Capucines
Trois-Quartiers
AVENUE DES CHAMPS ÉLYSÉES
HOTEL NOVA PARK ELYSEES
HOTEL PRINCE DE GALLES
HOTEL GEORGE V
EGL. AMÉRICAINE
Th. Marigny
PALAIS DE L'ÉLYSÉE
Amb. d'Angleterre
Amb. des Etats-Unis
HOTEL DE CRILLON
E.M. MARINE
MINIST. DE LA JUSTICE
PLACE VENDOME
ST PIERRE DE CHAILLOT
HOTEL CLARIDGE-BELLMAN
Th. Comédie des Champs Elysées
HOTEL PLAZA ATHÉNÉE
Eglise Ecossaise
Th. du Rond Point
Th. des Ambassadeurs (Espace P. Cardin)
Automobile Club
ASSOMPTION
HOTEL LOTTI
HOTEL INTERCONTINENTAL
HOTEL MEURICE
Chle Grecque
MUSÉE GALLIERA
N.D. de la Consolation
PALAIS DE LA DÉCOUVERTE
GRAND PALAIS
MUSÉE DES BEAUX ARTS
PETIT PALAIS
PLACE DE LA CONCORDE
Jeu de Paume
JARDIN DES TUILERIES
Orangerie
MUSÉE D'ART MODERNE
COURS ALBERT Ier
COURS LA REINE
AV. DE NEW YORK
PONT DE L'ALMA
PONT DES INVALIDES
PONT ALEXANDRE III
PONT DE LA CONCORDE
PASSle SOLFERINO
PONT ROYAL
QUAI D'ORSAY
QUAI BRANLY
Pt-de-l'Alma
PL. DE LA RÉSISTANCE
AIR TERMINAL AIR FRANCE
GARE DES INVALIDES
MIN. DES RELATIONS EXTÉRIEURES
ASSEMBLÉE NATIONALE PALAIS BOURBON
ÉGL. AMÉRICAINE
St PIERRE DU GROS CAILLOU
ESPLANADE DES INVALIDES
MAISON DE LA CHIMIE
MIN. DU COMMERCE
MUSÉE DE LA LÉGION D'HONNEUR
MUSÉE D'ORSAY
MIN. DE LA DÉFENSE
MIN. DE LA FORMATION PROFESSIONNELLE
EIFFEL
MINIST. DE LA COMMUNICATION
PARC DU CHAMP-DE-MARS
Ste CLOTILDE
I.G.N.
MIN. DE L'ÉDUCATION
MIN. DES TRANSPORTS
HÔTEL DES INVALIDES
MIN. DU TRAVAIL
MIN. DE L'INDUSTRIE
TEMPLE DE PENTEMONT
MIN. DES ANCIENS COMBATTANTS
St THOMAS D'AQUIN
E.N.A.
MIN. DE L'AGRICULTURE
MIN. DE LA RECHERCHE
MIN. DU PLAN
MUSÉE RODIN
MUSÉE DE L'ARMÉE
HÔTEL MATIGNON
INST. ET. POLITIQUES
LYCÉE VICTOR DURUY
ECOLE MILITAIRE
MIN. DE LA SANTÉ
MINIST. P.T.T.
MIN. DE LA MER
VILLAGE SUISSE
St FRANÇOIS XAVIER
HÔPITAL LAENNEC
Bon Marché
Hôtel Lutétia
U.N.E.S.C.O.
TERRITOIRES D'OUTRE MER
MAIRIE DU 6e
JEUNES AVEUGLES
INST. CATHOLIQUE
HOTEL ARCADE
ENFANTS MALADES
St JEAN BAPTISTE DE GRENELLE
LYCÉE CAM. SEE
Square St-Lambert
EC. SUPre D'OPTIQUE
CENTRE HOSPITALIER NECKER
COLLEGE STANISLAS
ALLIANCE FRANÇAISE
TOUR MAINE-MONTPARNASSE
PL. DU 18 JUIN 1940
MAIRIE DU 15e
LYCÉE BUFFON
Ecole Commerciale
N.-D. DES CHAMPS
St LAMBERT
HOPITAL PASTEUR
St JEAN BAPT. DE LA SALLE
MUSÉE POSTAL
INSTITUT PASTEUR
Bobino
Th. Montparnasse (G. Baty)
LYCÉE PAUL BERT
CHÈQUES POSTAUX
HÔTEL MERIDIEN MONTPARNASSE
GARE MONTPARNASSE
CIMETIÈRE DU MONTPARNASSE
HOP. DE VAUGIRARD
HOTEL HOLIDAY INN
N.-D. DU TRAVAIL
N.-D. DE LA SALETTE
BOULEVARD GARIBALDI
BOULd DE GRENELLE
AVENUE DE SUFFREN
BOULEVARD PASTEUR
RUE DE VAUGIRARD
RUE DE LA CONVENTION
BOULEVARD RASPAIL